宁可孤独，也不庸俗

［美］刘墉 著

北京联合出版公司
Beijing United Publishing Co.,Ltd.

长河落日圆（局部）

纸本水墨设色（89cm×92cm)1988

目录

附小说

短歌

画意

序

浴火少年，灯前舞剑

学生时代我作文很少拿高分。

因为那时候要写八股文，而且最好能掉掉书袋，引用几句古人或“伟人”的话。这种题目我看了就头痛，总是心不甘情不愿地草草交卷。

一直到今天，没有感动我是不写的。那感动又最好是突然的感动，让我感动得要命，非借着笔墨抒发不可。所以我很欣赏厨川白村说的“文学是苦闷的象征”。

我的文学作品确实是用痛苦换来的。碰到挫折，我写《萤窗小语》给自己打气；跟儿子大吵一架，我写《超越自己》平复彼此的情绪；被人欺骗，我气疯了，骂自己是猪八戒，接着按下怒气，写《我不是教你诈》；看到女儿愈走愈远，我写《爹地的小女儿》，边写边擦眼泪。如果说我的作品能感动不少人，真正的原因不是我的文章有多好，而是我自己先感动了自己。

绘画也一样！我的经纪人最清楚，我画有些主题，像樱花、昙花，几乎画一张卖一张。但我就不画！也不是不画，而是很少画。因为没感动，我的笔就动不起来。

感动常是排山倒海的。譬如樱花，前一天还光秃秃的树枝，一夜间突然盛放。让我看见倒吸一口凉气，天哪，

春之颂·樱花（局部）
绢本设色（30.5cm×45cm）1982

怎么办?

于是再怎么忙，我都会把别的事放下，赶去花下写生。一边画一边看花落，也可以说一边感伤“韶华不为少年留”，极力抓住美丽的瞬间。

问题是我画的花都开不长，也可能正因为稍纵即逝，所以让我珍惜。譬如樱花，当我把写生的草稿转为完成品，那花期八成已经过了。昙花更是如此，那么多的花瓣、那么短的绽放，夜里八点开，十二点已经渐渐合上，我再有本事能写生几朵？又能有本事一年画几幅？

看山看水也一样！少年时看山比较容易感动。而今“五岳归来不看山”，非碰上“奇山异水”不会动心。从另一个角度想，当我遇到动心的山水，就好像饿了好久的人，爬着滚着也得“大口吞下去”。

这绝非夸张，我有照片为证！去年登黄山，为了在某个特殊角度写生，我曾一手抓着铁索，一脚钩着栏杆，几乎悬在半空中作画。“搜尽奇峰打草稿！”大概是艺术家都有的坚持。我有个朋友的儿子爱摄影，居然一人爬到布鲁克林大桥的顶上拍照。朋友全家去黄山，半天找不到儿子，突然听人喊：“危险哪！”抬头惊见儿子正吊挂在悬崖上。

所幸我的画不见得都需要实景的感动，常常读古诗词也会怦然心动，那很少因为景物表面，而多半是因为景物背后的血泪深情。

我的儿子刘轩，那“轩”怎么来的？是我读苏轼悼亡词“夜来幽梦忽还乡，小轩窗，正梳妆。相顾无言，惟有泪千行……”得来的。我也曾把那首词意作成画，很成功，

黄山云影

纸本水墨设色（70cm × 34cm）2012

道理简单，因为感动！

这本书里的文章和绘画常常来自同样的感动，也就是一个感动袭来，写不够，还要画；或者画不足，还得用文字抒发。

《浴火》就是切肤之痛，那是写我少年时的灾难，一声砰然巨响，我没了家，也告别了童年。我过去虽然多次提到那次失火，但是直到五十五年后的今天，才终于敢面对记忆中的烈焰焚身，画出来，而且画得美！

《灯火迷离的小巷》是我应联副约稿写成的，我必须谢谢编辑，他们是作品的催生者，很多深藏的东西，像我被抢劫、到派出所做证、小太保说他破处时邻居妈妈的暧昧表情，都因此浮现。

我也画了那时的小巷，窄窄的、破破的，竹子拼成的屋顶上晒着菜干和咸肉，巷道上横挂着睡衣、三角裤。炊烟呛人，恶犬狂吠，帮派械斗，武士刀出鞘……

还有那幅《夏日园趣》，画的虽然只是两只小鸟吃西红柿，写的却是父亲临终颤抖的嘴唇和我的自责。

《云之泷》也一样，表面写的是早年乌来的风景和令我心动的泰雅族美少女，其实讲的是对流金岁月的伤逝。

至于《听雨》那篇文章，最能写出我对人生的感怀，而且我用这个触动从“听雨歌楼”“听雨客舟”到“听雨僧庐”，一口气完成三张痛快淋漓的作品。

《妻的导盲犬》虽然是极短篇的小说，但跟我熟识的人一看就知道写的是谁，在真实世界里谁是导盲犬。

《米奇与米妮》是我写自然生态的文章，过去我写螳螂、写野雁，这次写小家鼠。很多人警告我，被野老鼠咬了会得狂犬病，感谢老天，迄今我还活着。

这本书里也有三组很特殊的散文和绘画，是我临摹台北故宫博物院“镇馆之宝”之后创作的，我喜欢用浅白的笔触写艰深的东西，希望读者能在诙谐的文字背后，看到我要分享的绘画心得。

另外必须一提的是书后有几首小诗。当我在报上发表的时候，有人惊说刘墉居然也写诗。其实那是我少年时的最爱，甚至因此得过大奖。杜甫“晚节渐于诗律细”，我这个老小孩，也灯下看剑，长铗出鞘，试舞几下，请大家不要见笑!

这本书是我的第六本诗画散文集，四十年前我出版第一本《萤窗随笔》时请张大千先生为我题书名。大千先生对我很厚爱，他送我三件作品，一件是题我的书斋“氤梦楼”，一件是“萤窗随笔”，还有一张四尺半的泼墨山水画。而今第一件还挂在我的书房里，第二件去年捐给了浙江美术馆，第三件今年送给了台北的历史博物馆，这本书在台的全部版税，也将捐给两岸公益团体，谢谢大家几十年来对我的支持！

夜之华（局部）

绢本设色（80cm × 116.5cm）2016

丙申年中秋夜闲园昙花盛放且含苞甚夥乃以工笔勾勒没骨

浴火

童年暮霭——我儿时记忆中小小又大大的一条河（局部）
纸本水墨设色（143cm × 245cm）2015

母亲的金戒指

每次上坟，跪在母亲的墓碑前，我都想：下面两尺那个铜盒子里的骨灰中间会不会有个黄澄澄的金戒指？

从我有记忆起，母亲左手无名指上就戴着那个金戒指，每次有人问她是不是结婚戒指，母亲都摇头："我才不戴结婚戒指呢！你瞧！我先生戴吗？他不戴我干吗戴？"

也听人笑说是逃难时戴的，母亲又猛摇头："有谁这么笨，戴这么大的金戒指逃难，等人抢？"

母亲的金戒指确实够土，圆圆粗粗厚厚，显得有点突兀，好像存心把一大块黄金戴在手上。尤其麻烦的是因为太大，她的手随便往桌子上一放，就“当”一声。左一声“当”、右一声“当”，幸亏我听惯了，否则真觉得吵。

那“当当”的声音到母亲晚年反而顺耳了，它居然能有安心的效果，我只要听见“当当当”，就知道老娘没问题。

母亲也知道她的戒指吵，但她自有一套说法：“别听声音吵，这可是九九九的纯金，黄金的声音不一样，不信你用个铁的敲敲看，那会震耳朵，哪儿像纯金来得含蓄、厚实！”

母亲中风后进了加护中心，医院建议家属摘走病人身上值钱的东西。我取走了她细细的金链子，却留下重重的金戒指，一方面想她戴了那么久，从来没摘过，八成不好摘，硬摘只怕伤了她；另一方面觉得那就是母亲，母亲的手跟金戒指是不可分的，摘掉就不像妈妈了！

所以直到母亲辞世，金戒指都留在她手上。后来殡仪馆的人问要不要帮忙摘下，我也立刻摇头。他们或许有意，告别式瞻仰遗容时，母亲的右手被长长的袖子盖着，左手却露出来，露出那黄澄澄的金戒指。

告别式除了家人，只邀请了几个公益团体的负责人和一位母亲生前的老友。老太太也九十了，弯腰盯着母亲的手，又缓缓抬起头，转过脸，对我小声说："你这儿子真孝顺！"不知她说我孝顺是不是因为我留了金戒指陪葬。

告别式结束，送往火葬场，每个参加的人都开车尾随，灵车没直接开往大烟囱，而是停在一个小教堂的前面。母亲的棺木被几个壮汉抬下车，放在一个高高的台子上，先有人带领唱圣歌，而后每人发一枝玫瑰，指示大家排队走到棺木前，放在棺盖上，接着居然叫大家离开了。“不是要看着进火葬场的炉门,甚至看到点火吗？”我问执事人员。他摇摇头说：“不，交给我们就好！”

回到家我一直不安，心想会不会就因为他们看见母亲的金戒指，要摘下之后才送去焚化？我又跑去问葬仪社的人，对方一笑：“因为你讲究啊！买那么好的棺材，那是土葬用的铜棺，不能火葬，火烧不了。”我怨他在我挑棺材的时候为什么不说，他又一笑：“我以为你们中国人是这样，要体面。”我问那棺材呢，他摇头说不知道。

回家，我更不安了，觉得自己不孝，原本想挑个豪华的棺材，却可能造成母亲火化的时候根本没棺材。眼前浮起火葬场人员把母亲的遗体从铜棺里拖出来的画面，还有，会不会在这时候被哪个人摘走了金戒指？那么大的纯金戒指，谁能不心动？搞不好大家还卖了朋分呢！

七天之后请回骨灰，重重一包。里面是黄色的牛皮纸袋，外头裹着塑胶膜，简直像园艺用的“骨粉”肥料。怪不得新闻说有不肖的火葬业者，把死者的尸体扔进树林，用猪骨粉当作骨灰发还家属。

母亲的骨灰放在她生前的卧室里，孙女放学都会先探头进去喊：“奶奶好！”我也每天进去问安，只是一边鞠躬一边想：那纸袋里头是不是母亲？还有，母亲的金戒指在不在里面？

墓碑和骨灰匣做好已经是一个月后的事。墓园的人问我要不要亲手把骨灰倒进骨灰匣，我还没答，他就说由他服务好了，接着把骨灰带到隔壁房间，再出来时已经抱着铜匣子。

我当时挑铜制的匣子，是想尘归尘、土归土，死者最后都要入土为安，而且重新融合为大地的一部分。铜会生锈，几十年后母亲的骨灰就会与天地结合。但是看着骨灰匣放进两尺深的墓穴，我又想：当铜匣子解体了，骨灰化为泥土，母亲的金戒指应该永远不会腐朽。还有，那天怕我伤心，不要我自己动手而躲开我的视线，把骨灰倒进铜匣的人，会不会倒着倒着突然听见“当”一声，看到白白的骨灰中有个黄澄澄的金戒指？他会不会动心？会不会把戒指偷偷留下？

母亲过世已经十七年，这许多疑问总在，但是而今我想开了：那昂贵的铜棺，八成又卖给了其他丧家，装着别人的遗体土葬。这也挺好，没浪费！

还有，母亲的金戒指，无论谁摘走了，总比永远埋在地下有用。说不定别人戴了，说不定被熔化，做成漂亮的首饰，戴在了哪位新娘的头上。又或许被分成好几个小戒指，欢跃了好多少女的心。

去年二哥二嫂到台湾，我请他们吃晚餐，多年不见的二嫂突然把一个小锦盒双手交给我："妈妈临终交代的，非给六弟不可。"打开锦盒，居然是个很大的金戒指，跟母亲的一模一样，我吃惊地问："哪儿来的？"

"这是你过继到刘家时，你刘家妈妈送给咱亲妈的，算是信物！把你从姚家送给刘家，从此结为亲家。只是后来刘妈妈怕你被姚家要回去，避不往来。"二嫂说，"妈妈不计较，说她生了六个儿子，刘家只你一个，就别去打扰了。但是妈妈一直留着这个金戒指，临死，说非交给你不可！"

最后一口糖西红柿

小时候我很爱吃糖西红柿。常看母亲把生西红柿用滚水烫了，剥下薄薄的皮，再切成小块放在碗里，加上白糖搅一搅，成为清凉可口的糖西红柿。

但是自从父亲为一碗糖西红柿责备我之后，我就再也不吃糖西红柿了。

那时父亲已经大肠癌末期回家疗养，母亲的好朋友李妈妈搬来我家帮忙照顾。有一天李妈妈做了碗糖西红柿给

夏日园趣

绢本设色（81cm × 56cm）2015

我，我从厨房端到客厅，坐在父亲旁边吃，问：“爸爸要不要尝尝？”爸爸点点头，我就舀了一勺放进他嘴里，“好不好吃？”父亲点头。我好兴奋哟！立刻转头对着厨房大喊：“李妈妈，再拿一碗糖西红柿，我爸爸要吃！”没想到已经病重、不太说话的父亲居然瞪我一眼，沉声骂：“不要喊！没礼貌！我不吃！”

父亲从来只会宠我，不曾骂我，连大声说话都不曾，怎么会突然这么凶，我怔住了！噙着泪，低着头，吃完手上那碗糖西红柿。

从此我再也不吵着吃糖西红柿。

但我仍然爱西红柿，爱种西红柿，爱看西红柿的花果，也爱摸西红柿的叶子，闻它们的味道。

种西红柿是偶然开始的。

那时家里失火，烧成一片废墟，父亲死了，公家不给我们重建，母亲只好在院子边上盖了间草房，没几个月，高高低低的残砖破瓦间就长满杂草。有一天我把球丢进草丛，捡回来觉得身上好像有股香味，把衣服举到母亲眼前，问她是什么香。

“臭味！哪儿是香味？”

母亲对香味的感觉常跟我不同。譬如马缨丹，有股特别的辛香，母亲偏说是臭花，还叫我少碰，说八成有毒！西红柿叶子的香味跟马缨丹有点像，也有些刺激，怪不得母亲不爱。后来我发现很多人都不爱，欧洲人早期甚至因此说西红柿有毒。

自从在院子里发现西红柿，我每天都过去看。颓圮的泥墙和灰烬是最好的养料，五六棵不知从哪里冒出来的西红柿，每株都长得很壮。叶片沿着叶柄向两边生长，每片大小不同，裂口也不一样，有些叶子中间鼓起来，造成蜷曲，变化复杂极了！

不到三尺高，它们就开了黄花，一朵朵朝下，像是小铃铛。接着中间钻出绿色的果实，很快长大，变成红色。多么神奇的植物啊！明明是一年生的草本，却好像木本的果树。明明是蔬菜，却可以当水果。还有，就是它们像树又像藤，尽管没有攀爬的须，却容易东倒西歪，使我不得不用竹子把西红柿架起来。竹子是原先支撑墙壁用的，被火熏得黑黄相间，绿叶红果黄花，在一片断垣残瓦和焦黑的竹枝间展示了新生的喜悦。

或许因为童年的记忆，我特别爱画西红柿，而且在创作前一定细细写生，必须抓住西红柿的特殊味道。这几年我画西红柿更容易了，因为九十多岁的岳父种西红柿。怕影响草坪的景观，老人把西红柿都种在花盆里，一排排放在露台上。花盆里全是老人用厨余调制的泥土，西红柿株株肥大，而且品种各异，有像葡萄成串的，有鲜红如樱桃的，还有名叫“大男孩”（Big Boy）的超大个儿。我只要把西红柿盆子推到窗前，就能从容地在屋子里面写生。也因为从容，越能细细描绘西红柿的变化。

最近画了一张以西红柿和青鸟为主题的《夏日园趣》。我先用铅笔写生做底稿，再转画到绢上。半透明的绢特别适于以水绿表现叶子的剔透，鲜艳的果实则以朱砂打底，再罩染几次洋红。

一只小鸟特别聪明，选择了最熟的西红柿，站在上面品尝。另一只大概闻讯飞来，为了减缓下降的速度，把翅膀用力向下拍打，并将尾羽张开以产生阻力，爪子已经接触到叶柄，把那片叶子压弯。正在享用西红柿的那只则回头大叫，不知是说“真好吃！快来啊！”，还是喊“我先到，你别抢！”

我一边画，一边想那两只小鸟的对话，也想到少年时废墟间的野西红柿，还有我拿着勺子喂父亲吃糖西红柿的一幕。

从来都是爸爸喂我吃东西，只有那一次，我把勺子送到他微微张开的嘴里……

灯火迷离的小巷

我童年的记忆是黑色的，也正因为很黑很黑，所以偶尔有些灯火，就显得特别明亮，印象格外深刻。

五六岁的时候，父亲常在晚餐后把我抱上脚踏车前面的小藤椅，再将他的渔篓往后座一摆，渔竿往旁边一插，带我去台北的水源地钓鱼。车子吱呀吱呀地从台大教授聚居的温州街，经过台湾政界人士俞大维的宅邸和“兵工”学校的“军官”眷舍，进入违建区。那里没有路灯，两边的房子都是用竹子和石棉瓦盖的，屋檐很矮，灯火很暗，巷子很窄，头顶有晾衣竹竿和忘记收的衣裤，脚下是滑溜溜的闪着油光的地面，屋里传出的是南腔北调的各省方言。我们必须提防突然泼出的污水、冒出的浓烟和喊着“别打了，别打了”冲出来的小孩。

为我家洗衣服的孙嫂、卖馓子的老爷爷都住在违建区。父亲曾带我去看过老爷爷炸馓子，白发老头趴在地上，伸手从床底下拖出一个脸盆，就用脸盆装油炸。我不记得炸馓子的细节，倒是永远记得床上一个正在读书的少年，用带着恨意的眼光瞪我。父亲说馓子爷爷在大陆做铁路局的局长，一九四九年只带出这一个孙子。

经过违建区不远就到了水源地，堤防外有一大片竹林和沙土地，有时候老远就听到喧哗声，令我特别兴奋，因为表示当天搭了戏台。有平剧、相声、唱大鼓，还有我最喜欢的“漫画

新春开市夜喧腾（局部）
纸本水墨设色（179cm×51.5cm）2016

表演”。有一回牛哥驾到，他是我的偶像，因为他画头顶三根毛，尖嘴猴腮两颗牙，还穿着一双大头破皮鞋的牛伯伯太有意思了！他的现场表演更精彩，除了画牛伯伯、牛小妹，还请观众上台，在大大的白纸上随便涂抹，无论涂个什么乱七八糟的东西，牛哥都能三两下改成有意思的漫画，有一回还变出个光溜溜的美女，台下好多人吹口哨。我实在很想上去，不敢，但总想画什么东西能够考倒牛哥，到今天还在想，想不出来。

穿过竹林就是新店溪，父亲会先挂盏电石灯在水边，暗暗红红的灯火引来好奇的水族，用网子迅速一捞，就能捞到不少小鱼小虾，再用它们做钓饵。没有月光的夜晚溪边很黑，连对岸也只有黑黑蓝蓝的山影和稀稀落落的灯光，使得四周钓客的烟头明明灭灭，成为另一种风景。那时的新店溪水很清澈，常有人跳下去游泳，从黑漆漆的水面传来他们叫爽的声音。

父亲也常在周末带我去万华“打泥人”。只记得街边一排小店，后面架子上摆着许多彩色的泥人，父亲用装软木塞子弹的气枪射击，泥人被打中掉到后面的网子里，就归我。还有一种是打乒乓球。一根根细细的水柱，上面顶着乒乓球，颤来颤去，却能不掉下来。父亲以前常上山打猎，自认为枪法很准，却总是打不中，但他都说：“气枪太烂！”

离“打泥人”的地方不远就是龙山寺，我最记得元宵节的时候，门口有好多大红灯笼，里面挂了各式各样的花灯。人太多，父亲背着我在人群里挤，看电动的孙悟空和白骨精。还有一回父亲带我坐公共汽车到了一个很热闹的夜市，好多摊子，上面挂着一串又一串小灯，卖的都是花花绿绿的东西，像是鲜黄的杨桃汁、荧光绿的腌橄榄和红滋滋的

新春开市夜喧腾（局部）

纸本水墨设色（179cm × 51.5cm）2016

旅店

烤香肠。街上热闹极了，舞龙舞狮踩高跷，鞭炮锣鼓声吵得听不见说话，散着硫黄味的烟雾把人都隐藏了。印象最深的是父亲带我爬上附近的河堤，看见外面停了好多船，人影幢幢的灯火在黑黑的水面上形成颤抖的闪光。还有人放烟火，烟火一簇一簇呼啸着上天，在黑黑的夜空中爆炸成千千万万个小光点，瞬间全不见了！

父亲在我八岁那年就得了大肠癌，住进“空军”医院。记忆中那里像个学校，两边是平房，中间有个黄土地的大场子。有一天傍晚父亲撑着枯瘦的身子，带我走到医院门口买气球，虽然有各种鲜艳的颜色，但我挑了个土黄色的，因为看起来比较结实。牵回病房，许多护士跑来看，说气球活像篮球，于是在走廊又笑又叫地拍来拍去，我也拍，突然“砰”一声气球不见了，只剩下走廊屋顶一排昏黄的灯，护士们一下子都散了，我转身，面对的是躺在病房床上父亲苍白的脸。

父亲走后，我的童年更黑了，再没人带我去灯火迷离、烟花四射的夜市。晚餐后，母亲常拿把小竹凳坐在门口盯着我，而且指着巷尾说不准跑过那条电线杆，因为过去有很多小太保。她岂知我虽然不在她眼前越界，却会偷偷绕个大圈子到小太保的地盘。我也常偷听那些小太保讲话，有一次看见他们点蜡烛熏武士刀，一边熏一边说夜里用它砍人不会闪光。曾经有个小子从墙头往下跳，被下面的人横着一刀，两条腿都断了。我还记得有个长得很俊的小太保说去嫖妓，是他的第一次。旁边一位眷区妈妈用好奇怪的眼神问他感觉如何，小太保说："热热的、软软的。"天很黑，但我看到那妈妈的脸一下子红了。

不知太保帮派是不是跟眷区有关系，"兵工"学校西边泰顺街、云和街附近有“三环帮”，东边台湾大学一带有“四海帮”，我有个同学的老哥就混三环，据说有一次从他爸爸床底下摸到一支黑管，身价立刻不凡了。但我更感兴趣的是有个叫“天涯九龙凤”的女生帮派，据说里面的妞不但个个漂亮，而且下手比男生还狠，打完架，满地鲜血和头发。

我小学上龙安小学，成绩不怎么样，最痛恨的是如读天书的《图解算术》。每天补习回家，好多同学一起走，很安静，只见一个个歪着身子、斜背大书包的影子，默默地在巷子里扭。

初中的记忆还是黑的。因为我上大同中学夜间部，每天转两班公交车，到家已经是深夜。我常在公交车上闭起一只眼，下车之后张开，它比不闭的那只在黑暗中看得清。但是母亲再三叮嘱我，碰上小太保别看他们，否则他们会问：

“看什么看？”然后揍我一顿。所以我听他们说笑，从不看。可是有一回两个小太保拦住了我，说要找我借钱，有借有还，三天后会塞在旁边电线杆的小洞里，还指那个洞给我看。我身上只有五块钱，但是他们瞄见我口袋里的新钢笔，抽出来看一眼，也借走了！

我每天都去看那个电线杆的小洞，没见他们还钱，倒是过不久，学校要我去警察局接受讯问。原来那小太保被抓了，因为钢笔是我参加演讲比赛的奖品，上面刻了字，于是一路追到我。在派出所，警察指着小太保问我是不是他抢的，我说：“不知道！因为巷子太黑了！”

又隔不久，巷子亮了！是我家点亮的。那是大年初二，舅舅往暖炉里加油，我站在距他不足五尺的地方，突然听见一声沉沉的爆炸声，四周全是红的，很热很热，舅舅大叫着往外跑，我跑到屋外，看见他浑身是火地冲出来在地上打滚。再回头，整个客厅都是红的。我大喊“失火了！失火了”，却喊不出声音。跑出大门，火焰已经蹿出了屋顶，接着“砰砰砰”，一声接一声，是舅舅开出租车行，藏在地板下的汽油桶纷纷爆炸的声音。每次爆炸都会蹿起一团火球，很多人大喊，跟着火球跑，说可能飘到他们家。

救火车到的时候，整个日式房子已经烧光了，四周邻居的门口堆满一箱箱他们搬出的宝贝，墙头上坐了一大排看热闹的人。其中还有我后来的高中同学，直到几十年后同学会，我提到小时候家里失火，那同学才大叫一声：“不知道是你家耶！太精彩了！那是我这辈子见过最好看的一场火，敢情你家是火药库！”

父亲生前服务的机构说男主人死了，不给重建，母亲只好在废墟上盖个草棚，成为最牛钉子户，终于在两年后，逼得公家把我们迁到金山街的一栋小木楼里。巧的是我大学正好考上师大，可以听完打钟再上学。还有个好处，是便于师大的同学来访。

大二那年我组朗诵诗队，请一位女同学到家里听录音，隔两天晚上八九点钟门铃响，居然是那女生，原来因为能源短缺，和平东路两边轮流停电，那女生做完家教回宿舍，师大那侧正停电，只好到对面巷子里的我家。我问她："吃晚餐了吗？"她摇头，我就去买了水饺给她。她才吃，我家这一侧又停电，于是点蜡烛。

记得那天送她回师大宿舍，出门好长一段路，一点灯光都没有，又没月亮，连脚下都看不清，简直是摸黑。我不得不小心地牵着她的手，一直牵到了今天。

浴火

我是从火里跑出来的!

那年我十三岁，大年初一，台北冷得让人直打哆嗦，晚餐后母亲照例出去做家庭礼拜，我和舅舅、舅妈在客厅围炉。舅舅提议玩扑克牌，叫舅妈去房间拿牌，又叫我把父亲留下来的一罐古钱拿来当筹码。

我抱着罐子出来，看见舅舅正蹲在新买的煤油暖炉前加油，刚转身要把钱罐放在桌子上，突然听见背后沉沉的

“砰”一声，屋子都震动了，眼前一片红一团热，舅舅大喊：“跑！跑！”我往外冲，只见舅舅从我身边越过，浑身是火，在地上翻滚。

我手里居然还紧紧抱着钱罐，大喊“失火了！失火了”，却喊不出声音。背后吹来炙人的热风，我躲到院子边缘的树下，回头，看见舅妈扶着姥姥从侧门跑出来，舅舅黑黑的一个影子站在阶前，屋子里已经一片红，一条条像水一样的火舌沿着屋檐往外伸，噼噼啪啪的声音不断，隐约看见一个个黑框在火里倒下，大概是纸门。火舌很快蹿进我的卧室，先是映出红光，接着玻璃爆炸，咔啦咔啦地向外飞溅。有人喊我的名字，颤颤地，尾声拉得很长，但不是母亲的声音，是右邻刘妈妈。

我退出家门，站在对面陈家门口，只见四邻都在喊，喊着他们家人的名字。人影都在跑，急着把大箱小箱往外搬，堆在家门口，箱子上映着红红的火光。我家屋瓦已经一块块、一片片崩落，火舌从里面钻出来，忽长忽短，屋旁的树在抖动，先闪着好多小光点，接着全消失了。突然“砰”的一声巨响，从屋顶飞出一团大火球，接着又一响，又是一团火球飞到半空。好多人大喊着往街的另一头跑，说火球可能飞去他们家。

救火队来了，看热闹的人也来了，对面墙头坐了一排人，每次“砰”地爆出火球，大家就喊，像惊呼又像叫好。我知道那些爆炸是开出租车行的舅舅藏在地板下的汽油桶造成的。汽油助燃后没几分钟，我的家已经只剩一团红，天红了，地红了，连救火车喷出的水柱都是红的，还有一阵阵热风呼呼地扑面而来。我居然想起自然课老师教的，失火时风会往火场吹。为什么那风却都像是朝我吹来？

火被扑灭了，一根根焦黑的柱子间冒着白烟，墙都还在，大门也没烧毁，只是里面，我的家，像变魔术般，不见了！从对街可以直接望到后面军眷区的房舍和灯火，左邻右舍也没损失，一边大箱小箱地往家里抬，一边大声喊着谢谢老天保佑没被烧到。

母亲这时才出现，说她被邻居挡在前面巷子，看到我和姥姥、舅舅、舅妈，便瘫坐在路边的大石头上。有记者过来问她损失，母亲没答，我答了："还好，妈妈在银行有保险箱。"突然母亲一巴掌打在我脸上。我捂着脸："不是幸亏有保险箱吗？"又是一巴掌。

晚上舅舅带姥姥住他同事家，我和母亲住在近邻周妈妈家。第二天天没亮，母亲就带着我往火场去，转进小巷，

浴火（局部）
纸本设色（90cm×90cm）2017

听见一片大呼小叫，好多人拿着大包小包从后院翻墙跑掉。

打开大门，房子像是被炸过，陷下去成了一个大大的坑，冒着烟，还有呛人的气味。微弱的晨光中，只记得坑里乱七八糟，散布着闪着红光的绸缎，那是我参加演讲比赛得来的几十面锦旗。也有毛皮衣服，一小块一小块，很臭，母亲拿着棍子在坑里翻，我跑到我卧室的位置，什么都没了，书架还在，父亲生前留下的书籍，都只烧去靠外面的四分之一。集邮簿也在，我小心地把那些劫后余生的“平等新约纪念邮票”“航空邮票”和日本投降时被贴成“V”字、盖上“抗战胜利邮戳”的纪念邮票，全部从残破的集邮本里拿出来。书架上还有一小片一小片灰黑色的金属，应该是我被烧熔的玩具。窗子没了，剩下矮墙和碎玻璃，一脚高一脚低，是烧焦的灰烬和地板。我弯下身，再趴下去，把头伸到残留的地板下，喊“咪咪咪咪”，呼唤我的白猫，被母亲吼过来：“早烧死啦！”

晚上，是咪咪回家的时候，我又跑到火场上喊。没消息，只有四邻人家昏黄的灯火中探出的人影和关窗的声音。

虽然失火的画面非常鲜明，看到日本人画的《金阁寺大火》，我也早想画一张，但是一直等到五十年后才终于动笔。三尺乘三尺的生宣纸，应该很不容易画，却只花了我很少的时间。大概因为失火的记忆吧！烧得快，画得也快。朱膘朱砂和藤黄变成蹿出的火苗。大笔蘸水，再蘸墨，滚笔揉笔，画出一团团浓浓的黑烟。至于不断爆炸的火星，则用藤黄调胶矾甩上去。前景是树和围墙，左右邻居的轮廓和槟榔树影依稀。至于我，是火场中捂着头奔出的黑影，据说我那天头发是灰灰白白的，大概被爆炸的火焰燎去一层。我只知道后来照镜子，发现睫毛变短了，神奇的是皮肤丝毫没受伤。

我的咪咪再也没出现，但被我画了进去。在我卧房的窗边，一个小小的黑影。

我珍贵的邮票，那天在母亲的指示下交给一位台大的老教授保管，隔月，我们安顿好了，去拿邮票，他一怔，说："你没交什么东西给我啊！"

我那天抱着逃出火场的古钱罐，被我留在芙蓉花树下，早已不知去向。

从此，我不集邮，也不集钱币，但我变得比较不怕火，而且哪个地方失火，我从很远的地方就闻得出来，那是一种酸酸的味道。

我是丙等生

有一年秋天，我回母校成功高中演讲，场面挺热闹。演讲前校长先请我去他办公室休息，并赠我纪念品一份，是个精美的大夹子，打开来赫然出现一排排数字，竟然是我高中三年的成绩单，我定睛一看，差点钻到桌子底下。因为我高一的平均成绩是丙，高二、高三也差不多。

我把成绩单接过，向校长及在座的主任们致谢，心想：你们可真会送礼！干脆把我这成绩单裱褙装框，挂起来好

兰吼瀑布（局部）
纸本设色（84cm×59cm）2017

了！对那些烂学生一定有廉顽立懦之效。

我的成绩很烂，妙的是，我在学校从来都很神气。老师可以一边骂我不上课，一边对我竖起大拇指，那是因为我课外活动表现好。

才进高中，我就代表学校参加全台学生美展，拿了第二名，这打破了历年纪录，因为大学和高中一起比赛，第一、第三都是师大美术系的，就我这个小萝卜头，而且学画不过几个月。美术老师说得有理："你虽然画龄很短，但是很敢，噼里啪啦，大笔挥几下，把评审唬住了。"

他的话一点都没错！我天生少根筋，也可能多根筋，很大胆！

学校有个池子，水干了，别人都不敢下去，说有青苔，危险！我不怕，纵身一跃，发觉自己躺在那儿，才不到半

兰吼瀑布（局部）
纸本设色（84cm × 59cm）2017

秒耶！怎么躺着了？离后脑勺一寸，正好有块尖尖的大石头。

督学来校考查，我前一天探听到，就去买了十几根蜡烛，后排的同学每人点燃一根，以“秉烛日读”表示抗议。因为学校日、夜间部的电费分账，日间部除了黑板上面一排灯，后面全黑，只有夜间部才能用。碰上乌云蔽日，教室后面很暗。

当天只见校长笑吟吟地跟督学走过，突然每人睁大眼睛，校长脸上的笑容一下子全不见了。督学才走，训导主任就怒冲冲地跑来问谁干的好事，听说是我，又转身走了，偷偷把我叫去，说有话好说嘛！

隔天后面的灯就亮了，而且从此全校皆亮，使我除了头上有光，连走路都有风。

兰吼瀑布

纸本设色（84cm × 59cm）2017

有人说训导主任怕我。他不是怕我，是怕我去外面乱说话。因为我当时编校刊，常往“救国团”跑。主任不怕“教育部”，却怕“救国团”，据说他能不能升为校长，全看团里的意思。所以当我对团里讲因为主任支持，这期校刊的厚度将加倍，主任听说，就会想尽办法增加校刊的预算。

编校刊影响了我的一生。因为我除了征稿、审稿、校对、画插图，还得补天窗。每次主任说某篇东西有早恋暗示或政治批评，不能用！我就得立刻把那空下来的地方补上。写论文，太累；写散文，太慢；最快的就是写诗。一个字加个叹号，也算一行，所以我开始写现代诗，还把作品拿给一位曾经带头打美国领事馆、被留校察看的老师看。

那老师就是名闻中外，近年以百岁高龄过世的现代诗元老——纪弦。

纪老扶着他的烟斗眯着眼看我写的："《红楼梦》里有个探春，我才是真正的探春，我是最早的探春者，我探最早的春。""啪"把烟斗一拔，往桌子上一磕，"好！有味道！"

我又拿给语文老师看，他也眯着眼，看半天，斜着脸问："惜春吧！惜比探有意思。"

我写诗，除了补天窗，还有个原因，是有一回代表学校参加民办的演讲比赛，有个私立高中的代表，由演讲老师拟稿。看到他的演出，我眼睛一亮，他不但音调抑扬，连手势都行云流水，美极了！比赛结果，他拿第一，我拿第二。

我四处打听那是何流派，有人说叫朗诵诗。从此我就四处找朗诵诗的题材学习，也试着自己写。没多久，我参加官办的全省演讲比赛，便发挥所学，“硬把式”加“朗诵诗”，刚柔并济，拿回第一名。这还不够，后来我编写导演的朗诵诗，四次拿下全台竞赛冠军。而且大学没毕业，就应聘在大学教诗。

我对诗有心得，还有个重要的原因：高二上学期，有一天半夜我觉得胸闷咳嗽，咳着咳着喉咙一甜，咳出一口血，接着一口又一口，吐了小半盆，进医院急诊，已经肺结核中期。医生把我娘骂了一顿，立刻办休学回家静养，否则活不长！

我没静养，反而得其所哉，画我的画、写我的诗、读我的书。好多我后来的强项，都是那年闭关练出来的，大有打通任督二脉、功力增加一甲子之感。所以我后来常说只读课本不够，因为你会的别人也会，反而课外的涉猎能让你出头。而且人生最浪漫的时候，是青少年时期，中国孩子多半的创意被埋葬在书堆里，等到年长有暇，却时不我与，失去了少年情怀。我有幸因病休学，没了功课压力，正好海阔天空地创作。

我的海阔天空也得感谢高中的语文老师和美术老师。上语文课，有一回我站起来读课本，把一个字念错了（那要怪我娘，是她从来都念错），结果一整堂课，老师都避过那个字，才打下课铃就跑回办公室查字典，下一堂课进门便纠正我，还很坦白地说害她以为她自己错了。

至于美术老师更棒，她叫我不用上课，去教员休息室自己爱做什么做什么（免得在班上捣蛋）。我每次移驾，老师们都去教课，办公室空空的，只有个十六岁的小女校工，挺漂亮，陪我聊天。我那年回母校，她没退休，还特地跑来校长室跟我抱抱。

我也感谢军训教官对我的容忍，有一回教官说美国B-52轰炸机有四个螺旋桨。我在下面插嘴：“五个！”教官马上改口：“对对对！是五个。”我又笑说：“哈哈！骗你的！”全班都大笑了起来。教官也好像没生气，脸红红地指指我：“顽皮鬼！”

当时学校严禁交女友，抓到就记过。我在外面搞活动，认识不少女生。有一个把家事课做的点心送到我学校，教官居然非但没找麻烦，还代为转交。可惜因为从小我娘警告：不可吃女生的东西，女生很坏，她们偷加蒙汗药，你吃了会晕倒，被女生占便宜。那盒点心我半块也没碰，全分给了同学和那位教官。只是我偷偷观察，居然没有一个人晕倒。

我虽然自认很神，常写文章讽刺功课好的同学，但联考前一个半月还是屈服了，昏天黑地地K书。毕业考成绩出来，我没上补考名单，高二的学弟一个个拍我肩膀：“老哥儿终于跟我们同班了。”还有人唱：“总有一天等到你。”却没想到我过关了。

高考我只填了师大美术系、文大美术系、艺专美术科、艺专美工科和某校中文系。报名表送上去，训导主任和导师都跳了起来，说：“人家填一百多个志愿，最少你也得写台大、‘政大’的外交系和法律系吧！”我心想：可真瞧得起我！你们不是知道我年年两科不及格吗？我是大丙耶！考得上吗？我口才虽然不烂，赢了一堆奖杯，可我真爱的还是画画和写作啊！

高考发榜那天，因为我姨父是记者，早就告诉我考上了第一志愿，但我还是去母校看门口贴出的榜单。问题是在师大美术系下面，左看右看硬没我的名字，敢情姨父搞错了？我大骇，挤到榜单前细看，才发现上面有个被原子笔捅出的洞，我的名字就躲在那洞里面。连我的导师见到我都露出诡异的笑：“考那么高的分，原来不用功是假的！”

在成功中学我虽没留级，却足足待了八年。三年高中课程、一年休学，大二开始回校教“演辩社”。大学毕业那年，成功校长对我说：“如果师大没有把你分发来，我抢也要把你抢来。”所以我又回校任教了一年。

多妙啊，我这大丙的学生！每个老师同学都知道我成绩烂，但没人瞧不起我，没人否定我的潜能，所以我作文总拿乙，却能编校刊；功课总吊车尾，却能代表学校四处参加活动；捣过一堆蛋，却半个小过也没有被罚过（全饶了我）。而且我回校任教那年，办公桌不在导师办公室，却在训导处主任旁边。有人说我是地下主任，主任有事总征求我的意见，我说他只是栽培我、爱护我，从起初到现在。

那天我回母校，除了演讲还带了几千本拙作，送每位同学和教职员，又运了几百本我的藏书给图书馆，最近则写了幅字给母校。那字挂在校长室，写的是李白的诗：

大鹏一日同风起，扶摇直上九万里。

假令风歇时下来，犹能簸却沧溟水。

世人见我恒殊调，闻余大言皆冷笑。

宣父犹能畏后生，丈夫未可轻年少。

云之泷

很早以前台湾有位名歌星，嫁给了印度一位叫拉玛的官员，那时候海外通婚还不普遍，又牵涉到名歌星，所以新闻炒得很大。次年元宵灯会，有个谜题居然是“拉玛来台”，谜底是“乌来”，原因是拉玛虽然英俊但是肤色黑。

乌来是台北近郊著名的景点，据说“乌来”是山地话的“温泉”。早年台湾少数民族刚到乌来，发现有温泉，所以取名乌来。

乌来雨景（局部）
纸本水墨设色（142cm×91.5cm）2014

我从没泡过乌来温泉，只在河谷看到一阵阵热气蒸腾，即使后来盖了许多温泉旅社，我也不曾对乌来的温泉好奇。

因为乌来留给我的记忆太多，多得已经容不下别的东西。

台车

虽然我九岁的时候，父亲就离开了这个世界，但我清晰地记得他曾带我去乌来。先过一个窄窄的吊桥，然后搭台车。

台车有点像小火车，但是有铁轨、有车，却没动力，上坡的时候需要车夫推。碰到下坡，车夫迅速跳上车，说时迟，那时快，台车会瞬间加速，沿着铁轨往下冲。也可以说台车像超级惊险的云霄飞车，坐在上面的人既没车壳保护，也没安全带，全靠驾驶员用伸向轮子的刹车杆控制飞车的速度。这惊险刺激和父亲的拥抱让我一生难忘。

出台车站,就是乌来最著名的“云之泷”了。这瀑布不宽，但是从八十米高直坠河谷。中间经过几个转折，激出烟雾、散成细流，在垂直的岩壁上交织变化。

瀑布下的溪谷属于南势溪，长年冲刷崩坍，累积了好多巨大的石块。晴天时干的石头是白色的，在阳光下让人不敢凝视，受到浸润的则是深黑，黑白对比，加上瀑布激出的水雾云烟，美极了！

父亲曾带我走到瀑布对面的观景平台，旁边坐了一排穿着艳红山胞服装的黥面人，脸上刺满从鼻子斜斜伸向两耳的图案。那衣服的红、脸上花纹的黑和竹烟斗冒出的白烟，令我印象清晰。

乌来雨景

纸本水墨设色（142cm×91.5cm）2014

兰吼惊魂

大概因为对父亲的怀念，也可能因为我天生爱山爱水，父亲走后，我还常去乌来。记得初中时有一次郊游，我强烈建议去那里，正好有位同学的父亲是台电的高官，乌来内山又有发电厂，就安排我们在台电乌来招待所休息。

一群十三四岁的毛头孩子放肆地又叫又跳。至今我不记得那次游乌来瀑布的任何细节，只记得招待所管理员一边送茶水，一边露出嫌恶的眼光。

高中我更常去乌来，因为我学了山水画，看一路的风景特别有感触。

从碧潭开始进入山区，到乌来一路上的风景很有变化。有翠绿的水库，闪着白光的急湍，蔚蓝的浅滩，有人垂钓、有人戏水、有人野炊。只是听说上游一下大雨溪水就会暴涨，常有人因为走避不及而送命。

我也差点在乌来送命。那一次我参加兰吼瀑布游。“兰吼”其实是山地话“Lahao”的音译，它在云之泷的上游，虽然没有云之泷那么高，瀑布却比较宽，而且分为两层。我们先沿着开满海棠花的山道走到下一层，在那里野餐之后再攀爬到第一层。下来的时候，我看到一棵大树上有根铁丝，直通下面的平台，心想如果抄近路一定能比大家快，连领队都会吓一跳，不知道我是从哪里冒出来的。我就拉着铁丝往下垂降，没想到我有手汗，那铁丝又细，根本抓不紧，我才悬身出去就一路顺着铁丝往下溜，眼看要坠入溪谷，幸亏尾端有人做了个弯转，好像鱼钩一般，让我能不再往下滑。

平台就在脚边，我只要一荡就可以到达。问题是下临十几公尺的深谷，我勉强停在半空中，稍加一点重量就会失手。

这时候上面爬下来的登山队员正好经过，有个人没说半句话，走到平台边缘，把一只脚踏在旁边的石壁上，我伸腿一钩，就平安站稳了。

惊魂未定，我还没回神谢他，他已经走了。他似乎没意识到我刚才生死一瞬，是他救了我的命。他是我的贵人，我却连他长什么样子都没看清。

云仙乐园

高三那年乌来瀑布上建了云仙乐园，小小的缆车，由瀑布对面的半山斜斜通往瀑布上方，据说那是台湾第一个登山缆车。当时的缆车很小，只容不到十个人，但是到达上面的云仙乐园却别有洞天。先缘小溪谷拾级而上，到达拦水做成的人工湖。放眼望去是一栋红墙绿瓦的古典建筑和宽阔的山谷，树上长满攀藤和翠绿的山苏。穿林而过的溪流在大石头间蜿蜒飞溅。再往上走，则是一片原始森林。

明明高三的考试压力重，我那年却好几次去云仙乐园，独自坐在溪流间的巨石上写诗。溪间有一种鸟，长长的尾巴，停驻的时候，一上一下地摆动，叫声很响，单音“啾！”园中常放音乐，我最爱听的是《蓝色的梦》，冉肖玲低沉的歌声在山谷间回荡，让为赋新词强说愁的少年，兴起壮阔凄美的情怀。

山地美少女

更记得在乌来瀑布对面的艺品店，见到一位很美的少数民族少女，穿着红白黑相间的泰雅族服饰，水亮水亮的大眼睛，像云之泷。我在瀑布旁边写生，她好奇地过来看，我说："我画好，你题字吧！"她问："写什么呢？"我说："就写乌来瀑布，然后写你题的。"

她居然毫不犹豫地照办，只是把"题"误写成"提"。但我知道了：这美极了的山地少女叫李保玉。

保玉姐姐

今年回台，听说乌来的山樱盛放，也怀念那里的瀑布，特地抽空过去。

云仙乐园还在，只是因为去年台风造成山洪，把上面的人工湖整个摧毁，一大片沙砾从溪谷堆向湖面，正有推土机在清理。已经改名为娃娃谷的兰吼瀑布也被封了，据说观景设施全被冲毁，年底才能修好。

我走到瀑布对面的小街，冷冷清清没几个游客。演出山地舞的场地关了，原本在路面下方的茶楼没了，倒是还有几家艺品店和小吃店。我走进一家艺品店，跟老板聊天，谈到我年轻时常到乌来，还认识一个艺品店的漂亮女生，叫李保玉。

老板居然眼睛一亮："李保玉啊！"然后回头看老板娘，"李保玉……"

"去海外了！好早好早就出去了！"老板娘指指不远

处，“她姐姐还在，卖小吃。”

我照她说的找过去，看到一个老妇人，正炒菜，旁边站着一个顾客，原来是对街的女店员在等着拿便当。

老妇人一边把便当交出去，一边指我：“他居然认识李保玉耶！”

那位女店员就说：“真的啊！保玉十多年前还回来过。”

接着老妇人转身，居然从抽屉里掏出几张照片，放在桌上：“保玉嫁给一个美军，去了美国。你看，这是她。”

照片中有两个女人，说实话我已经认不出来谁是保玉，又不好意思问。“她应该过得不错吧？”我说。

老妇人把照片一张张慢慢收回去，一边收一边拉长了调子：“出嫁五十年了，只有我们还留在这儿，她早走啦！”

“走去美国！”我说。

“十年前就走了！脑瘤，动了几次手术，还是走了！”

诗情

古城春暖（局部）
纸本水墨设色（142cm × 240cm

躲在纱帘后的摩诘

最爱王维，不仅因为他的诗中有画、画中有诗，更由于他特有的敏锐与含蓄。譬如他的《鹿柴》：

空山不见人，但闻人语响。
返景入深林，复照青苔上。

王维不写直接的光影，而写蕴藉的反光。深林中的日光由树叶间洒落，本来已经很含蓄，照在青苔上，更会先被丝绒般的嫩叶吸收，再从里面映现出来。于是，单单返景入深林，复照青苔上，那绿就十分耐人寻味了。

他的《山居秋暝》也一样：

空山新雨后，天气晚来秋。
明月松间照，清泉石上流。
竹喧归浣女，莲动下渔舟。
随意春芳歇，王孙自可留。

“明月松间照，清泉石上流。”简简单单十个字，意象却多鲜明啊！松树的枝干劲挺遒健，松针交错掩映，逆光看去仿佛剪影。加上天空的明月，对比就更强了。但那

明月松间照 清泉石上流

纸本水墨设色（135cm × 68cm）2016

强中又有柔：粗粗的松枝实在，好比窗棂；细细的松针交织，仿佛窗纱，如果再来阵松涛，就更有韵味了。

“清泉石上流”也有同样的妙处。泉水是柔的，岩石是硬的，流动的清泉在月光下闪着白光，被水浸湿的岩石则泛着深黑，这不又是一种既有强烈对比，而且虚中有实、实中有虚的意象吗？

王维的敏锐除了表现在光影和色彩上，也发挥到声音中。譬如：

“空山不见人，但闻人语响。”从头到尾都没见到人，只听见说话。

“竹喧归浣女，莲动下渔舟。”没有直接写浣衣归来的女子，只间接地用“竹喧”和“莲动”来暗示。

一群嬉笑的浣女？她们长什么样子？穿着怎样的衣

衫？手里如何抱着盆、提着篮子？下渔舟的是撒网的渔夫，还是垂纶的隐者？

王维只字未提，却用竹喧、莲动，做了暗示，让读者自己去想象。

再看看王维的《鸟鸣涧》吧！

人闲桂花落，夜静春山空。

月出惊山鸟，时鸣春涧中。

桂花柔软细小？需要有多么细致的心灵和寂静的空山，才能感觉落花的音响？

接着王维用“月出惊山鸟”对比前面的“夜静春山空”，

于是空山一下子变得充实灵动了。尤其“惊”这个字，用得多显！但在“显”之后，接着用“隔”：那山鸟没有高踞枝头，而是藏在深涧，鸟鸣和着涧水传来。无声有声，虚虚实实，引人遐思！

同样，《辛夷坞》写落花：

木末芙蓉花，山中发红萼。

涧户寂无人，纷纷开且落。

因为早春辛夷绽放时，多半没生叶子，一个个花苞挺立枝头，所以说“木末”。又因为辛夷未绽放之前，看来像深红色的笔头（故又名“木笔”），所以王维用“发红萼”形容。

接着写花开，就热闹了！辛夷开得快也凋得快，花开满树，有遮天夺目的气势，凋零时，又幻化成一片惊心的花雨。

才见枯枝的梢头冒出红萼，接着花开花落，已经满地残红。为什么不多留些时，让人们多欣赏几眼？才惊艳，已凋逝！王维没有写一丝惋叹，只用“涧户寂无人，纷纷开且落”，这是客观的冷笔，但是冷得充满禅意与空灵。

怪不得王维得到“诗佛”的美誉，他不是金刚怒目，而是菩萨低眉，甚至由低眉进入禅定，眼睛都不张开，便神游大化。

古木无人径，深山何处钟。（《过香积寺》）

深林人不知，明月来相照。（《竹里馆》）

君问穷通理，渔歌入浦深。（《酬张少府》）

听！深山的钟声、远浦的渔歌、竹林的琴声。

淡淡地、幽幽地、隐隐地、远远地……传来。

那人却在灯火阑珊处

我在演讲时常提到王国维《人间词话》里说的“人生三境”，也就是：

第一境：昨夜西风凋碧树。独上高楼，望尽天涯路。

第二境：衣带渐宽终不悔，为伊消得人憔悴。

第三境：众里寻他千百度，蓦然回首，那人却在，灯火阑珊处。

每次说到第一境，观众的反应很有限。

说到第二境，开始有些人附和。

妙的是只要我讲出第三境的“众里寻他千百度”，台下就会齐声说：“蓦然回首，那人却在，灯火阑珊处。”

是因为有一首歌的名字叫《蓦然回首》，大家比较熟悉，还是因为大家都喜欢辛稼轩的词，又或是因为课本里曾经收录过这篇作品，所以人人会背？

其实这首词好归好，却不见得适合当课文，因为它的意象朦胧，不容易翻译，就算翻译也很难有统一的看法。

东风夜放花千树。

温柔的东风，让冬天沉睡已久的花树一夜间都绽放了！

更吹落，星如雨。

是流星点点吗，还是庆祝的烟花四射，火花点点从高处落下？

宝马雕车香满路。

香喷喷的丽人们乘着华丽的马车出来闹元宵了！

凤箫声动，玉壶光转，一夜鱼龙舞。

箫管乐声悠扬，明亮的花灯如鱼似龙，绚丽地摇来转去，这一夜真是太迷人了。

蛾儿雪柳黄金缕。

你可以说“蛾儿”“雪柳”和“黄金缕”都是妇女的装饰，也可以想淡扫蛾眉、轻摇柳腰、华丽锦缎上的金丝银缕在灯火间闪动……美就是了！何必落入言筌？只凭这七个字，就能在心底勾出绚丽生动的画面。

到最后终于直接写人了：

笑语盈盈暗香去。

她，盈盈一笑，留下一缕幽香，转身在夜色中消失。

众里寻他千百度，蓦然回首，那人却在，灯火阑珊处。

在元夕闹花灯的人潮中找她，找千百回。正将失望，突然回头，发现要找的人就在不远的阑珊灯火之间。

这样翻译恐怕还不够，因为词写得太妙了。众里寻他千百度，这千百度是多么殷切、焦急、盼望。

千百度都找不到，又是何等失望和沮丧。

但是话锋一转，蓦然回首，只一瞬间，可能是一种第六感，觉得背后有个丽人的影子，于是猛回头。

回头，多好！且回头！回头是岸！快回头，丽人就在眼前！

回头就不等于正面看。而是转念，是顿悟，是永不放弃地再试一次。

果然，那人却在灯火阑珊处！

“灯火阑珊”比“灯火辉煌”含蓄。它似可见、似不可见，是错落掩映的凄迷。对照前面说的“东风夜放花千树，更吹落，星如雨”，夜色中的满树繁花、满天星火，交织成整首作品扑朔迷离的美感。

就在闪动跳跃的灯火中，那期盼已久的身影出现了！

是盼到了！是迎来了！是缘定？是巧遇？

多么动人心弦的一幕啊！

画意

从少年时代起就想画这么一张浪漫的《元夕》，却一直没动笔，怕没能力画好，也怕画得太具象，会伤了辛稼轩的朦胧美。

众里寻他千百度

纸本水墨设色（64cm × 122cm）2016

反而成为老小孩之后，更有童稚的直觉，也更敢动笔。最近展开一张四尺宣纸，燃起蜡烛，先把烛泪洒在纸上，再用胶矾点出繁花，又将毛笔蘸满浓浓的藤黄甩上去。

接下来以破锋的山马笔大侧锋拖拉、点斫，表现早春寒林间一夕花开的烂漫和惊喜。

远远可见城门和城头的灯光。今夜不关门，让百姓闹花灯。月晕蒙蒙、人影幢幢，有携手提灯的、有宝马雕车的、有高跷杂耍的、有林间幽会的……

人生若梦，岁月流金。

伊人何处？

听雨

从小我就爱听雨。

那时住的是日式平房，雨水落上屋瓦先流向天沟，再幽咽地进入通往地面的大水管。雨水倾泻会在水管里震动，发出高高低低的声音，听那声音的缓急就可以知道雨势大小。真碰上暴雨，天沟难以消化，只好让大水从屋檐直接往下坠，在地面溅得稀里哗啦，如果先落在油毛毡搭的遮雨篷上，则是叮叮咚咚。我住在台北的违建区，好长两排平房相邻，滂沱时两边的雨水一起往下落，在长长的巷道里交织为庞大的交响曲。

妙的是在那交响曲间我睡得更沉，大概因为乍听虽然一片嘈杂，其实乱中有序，而且摒除四邻的杂音，反而像是寺庙中的梵呗，有静心安神的效果。尤其寒冷的日子，外面阴阴郁郁，雨点滴滴答答，躲在暖和的被窝里不必起床，更有乱世偏安的侥幸，所以当时读到李后主的“帘外雨潺潺，春意阑珊，罗衾不耐五更寒”特别有感触。想李煜在异乡听雨，应该像在异乡赏月，跟故国没什么差异，怪不得他会“梦里不知身是客，一晌贪欢”。

三十岁到美国，曾经住在一个阁楼里，房间简陋没有天花板，使我听到另一种雨声。尤其大雨的夜晚躺在床上，看两边斜斜的屋顶，一条条木板上露出千万根固定瓦片的钉尖，有战鼓频催、万矢齐发的惊心。起初我不能适应，没过多久居然也习惯了，觉得跟故乡的雨声没什么不同，只是换了个共鸣箱。

那时的生活确实很有战斗性，住得离学校远，又不开车，无论多冷的天、多大的雨，也得走好长一段路去等公交车。站牌在一棵大树下，树叶很密，下小雨时没感觉，但是下久了，雨水在树叶上累积，再坠下，则成为特大的雨点。这时在树下撑伞，大大小小的雨滴随风一阵阵落下，另有一种抑扬的节奏。最记得到纽约的第一个秋天，晚上独自撑伞等车，路灯下的黄叶仿佛要从黑夜中跳出来，对面人家的灯火闪烁，看见一扇窗、一个人、白头发，正是唐诗描写的“雨中黄叶树，灯下白头人”。

而今自己白了头，听雨又是一种况味。半退休了！不必出去争逐，静静坐在窗前，看层层的冷雨，像纱帘似的拖过湖面。相应地，湖面就激起一阵白，近近远远，掠来掠去，描摹出雨的足迹。不知为什么想起黄庭坚的“我居北海君南海，寄雁传书谢不能。桃李春风一杯酒，江湖夜雨十年灯”，还有李商隐的“君问归期未有期，巴山夜雨涨秋池。何当共剪西窗烛，却话巴山夜雨时”，一个是感叹连通信都难，一个是期盼重逢的一天。按说后者有个盼望，应该比较美，为什么反而觉得“江湖夜雨十年灯”，更来得悲怀壮阔？

不同年龄、不同心情、不同境遇，同样的雨可以是歌，也可以是泣。写一生听雨情怀最好的应该是蒋捷的《虞美人》了：

少年听雨歌楼上

纸本水墨设色（60cm×84cm）2016

少年听雨歌楼上，红烛昏罗帐。

壮年听雨客舟中，江阔云低、断雁叫西风。

而今听雨僧庐下，鬓已星星也。

悲欢离合总无情，一任阶前、点滴到天明。

雨声歌声，红烛昏罗，那声音和色彩多么鲜明！

江阔云低、雨沉雁断、哀唳西风，那情怀是何等壮阔！

僧庐白发、檐雨潺潺，淅淅沥沥、点点滴滴，已然经历沧桑、识得愁滋味的老人，摇摇手，抬起头，看窗外的雨：它要下，也止不住，不下自然就不下了！

怪不得爱上层楼的少年，老来会“欲说还休、欲说还休，却道天凉好个秋”。

怪不得听雨的老人，既然对悲欢离合都已淡然，对人生已经没多少发言权，就一任阶前点滴到天明吧！

水墨造境

少年听雨歌楼上，红烛昏罗帐。

蒋捷在南宋灭亡之后四处漂泊，元朝多次召他为官，他都没接受。或许正因为人生坎坷的境遇，使他的作品充满家国之思和对岁月兴衰的感叹。

我在日本麻纸上以水墨画了“少年听雨歌楼上，红烛昏罗帐”。

蒋捷是江苏宜兴人，少年时应该是在这太湖边的古城度过，我也就用青瓦白墙的江南建筑表现。薄薄的青瓦，很不结实，但是密密地叠在一起，乍看虽然是一片黑，却有细腻的色阶变化，很柔美、很含蓄。

主题在最高楼上，一个女子靠在床边，床上男子正伸手……女子则表现欲推还就的样子。罗帐半掩，红烛映出一片昏黄的光晕。

雨很大，有人撑伞走过长长的巷弄，江南老城水溶溶的石板道映出长长的身影。庭园内有些绿意，长廊内几人正聊天。

小城凄迷无限，雨很大，像一匹匹白布垂下，如果形容这是“白雨”，应该很恰当。

水墨造境

壮年听雨客舟中，江阔云低、断雁叫西风。

这应该是一片壮阔的景色。壮阔的江面、壮阔的雨、壮阔的远行者。孔子说：“少之时，血气未定，戒之在色；及其壮也，血气方刚，戒之在斗；及其老也，血气既衰，戒之在得。”中年正壮，也因为血气方刚能在江湖闯荡。只是大雨中困坐江边，看天阔云低，听断雁哀鸣，不知是

壮年听雨客舟中（局部）
纸本水墨设色（60cm × 84cm）2016

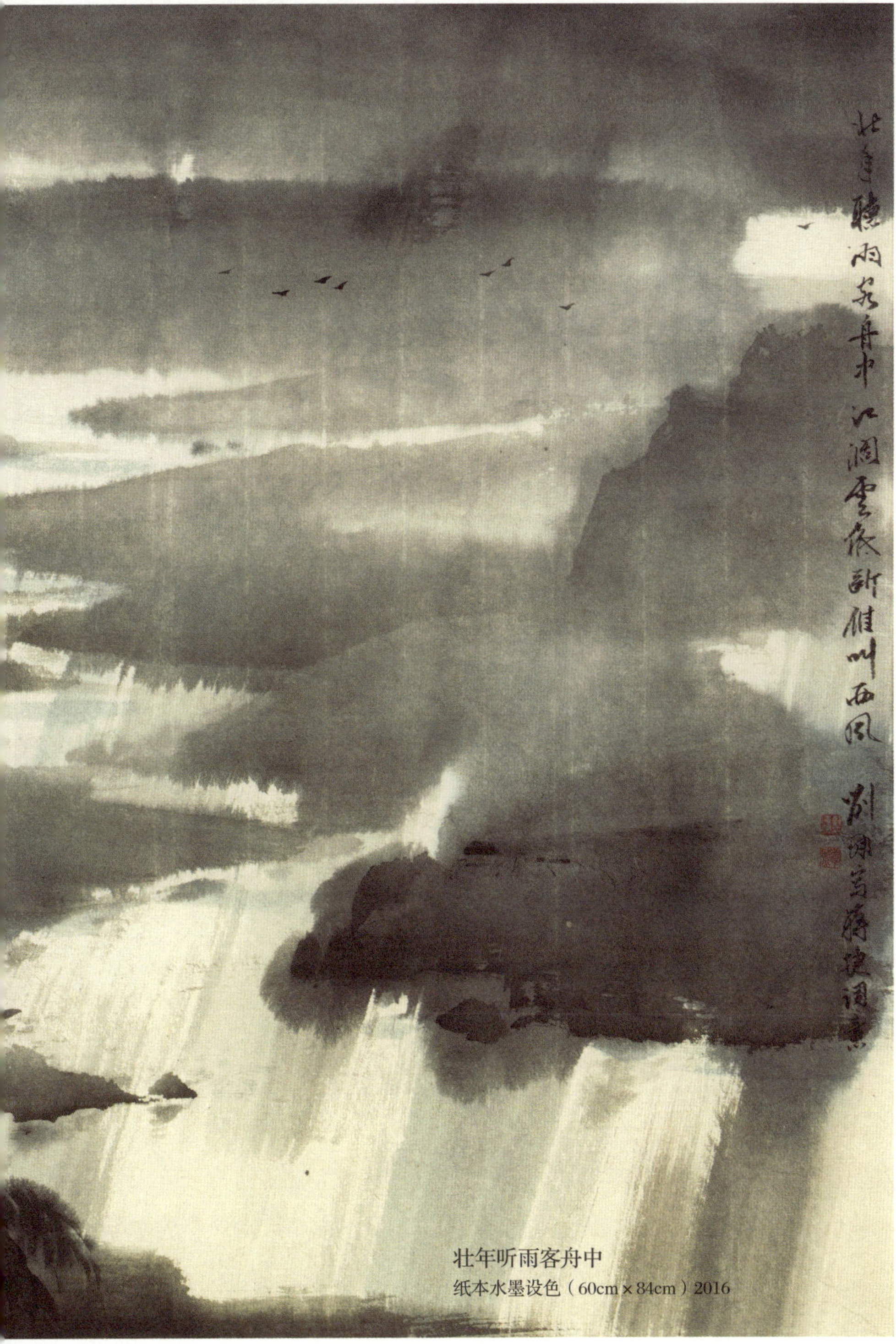

壮年听雨客舟中

纸本水墨设色（60cm × 84cm）2016

而今听雨僧庐下

纸本水墨设色（60cm×84cm）2016

更能激起壮怀还是引发喟叹！

“风雨一杯酒，江山万里心。”总看见于右任写这个对子。是悲是喜？是壮怀是幽思？是志在千里的豪情，还是人在天涯的感伤？

我先用小笔画出近景低垂的竹林和船上的旅人，再以大笔趁着前面水墨犹湿，排刷而下。最后点上几只旅雁，心中想着声声的雁唳长鸣……

水墨造境

而今听雨僧庐下，鬓已星星也。悲欢离合总无情，一任阶前、点滴到天明。

寂寂空空的禅房中，一个老僧坐在门前。雨水淅淅沥沥地从檐前坠落，切割出远山和近水。

我用中心消失点的构图，把老僧放在中央的位置，地板和天花板的线条都聚向远方。再以疏疏密密垂直的雨帘，搭配窗上横向的竹帘，掩映出迷蒙的水渚和山峦。

据说这幅画在展览中，很受艺评家的青睐，赞美其感觉现代、构图简单、意境深长。

我笑答：一任阶前、点滴到天明。既然放下，当然简单了！

湖心亭看雪

崇祯五年十二月，余住西湖。大雪三日，湖中人鸟声俱绝。

是日更定矣，余拏一小舟，拥毳衣炉火，独往湖心亭看雪。雾凇沆砀，天与云与山与水，上下一白。湖上影子，惟长堤一痕、湖心亭一点，与余舟一芥、舟中人两三粒而已。

到亭上，有两人铺毡对坐，一童子烧酒炉正沸。见余，大喜，曰："湖中焉得更有此人！"拉余同饮。余强饮三大白而别。问其姓氏，是金陵人，客此。

及下船，舟子喃喃曰："莫说相公痴，更有痴似相公者！"

读晚明小品，最爱张岱的《湖心亭看雪》，因为不但文词精练、意象鲜明，而且回环变化、趣味深长。

学生时代就读过这篇文章，当时不觉得怎样，只感谢张岱没太啰唆，使我默写得容易，反而是当记者之后，再看到，不觉大呼一声：精彩！简直是一篇超好的新闻特写，人、地、事、时、物，全有了！

人：是晚明那位蝶庵居士张岱、摇船的舟子、湖心亭相对饮酒的雅士和煮酒的童子。（也可能还有个张岱随身的仆人，只是没写得很清楚。）

湖心亭看雪（局部）
纸本水墨设色（194cm × 69cm）2016

地：西湖！湖心亭一点、长堤一痕……

事：雪夜张公子叫了一条小船游湖，登上湖心亭，跟早到一步的金陵雅士一起喝三杯酒，再坐小船回家。

时：崇祯五年，公元一六三二年十二月“大雪三日，湖中人鸟声俱绝”，晚上初更过后。

物：有船、有酒、有亭、有炉……

这些素材虽然简单，但在张岱的匠心安排下，却显得意味深长！

因为他工于用字，善于造景，长于着色。

想想，他用的词多巧！他不说“撑”一条船，却用“拏”，“拏”字上面是如（或奴），下面是手，自然显示船夫用手撑的感觉。接着张岱说“拥毳衣炉火”，“毳”这个字多妙！由三个“毛”组成，让人想到毛茸茸的厚衣服，加上“炉火”，除了有温度，显示天气寒冷，而且在夜里点上炉火，在一片白山黑水之间，添一点红！

“雾凇沆砀”也用得精练。雾凇是水汽，当气温接近冰点，雾气逐渐有雪意，遇上冰冷的树枝，自然会逐渐凝结，成为整树的冰花，闪亮剔透，美极了！

接下来，张岱用“天与云与山与水，上下一白”，从上到下不过十一个字，呈现一大片雪景的白。虽然没用皑皑、晶莹这些形容词，却有直指人心、当胸一拳的效果。

紧接着是“上下一白”，又用“长堤一痕，湖心亭一点，与余舟一芥，舟中人两三粒而已”，前后共四个“一”，叠成明快的意象。一痕、一点、一芥、两三粒，多简单的字，却又令人印象深刻！一痕，显示雪中的长堤并不清楚，只能隐约见到；一点，显示实实在在的小亭子；一芥，形

湖心亭看雪（局部）
纸本水墨设色（194cm×69cm）2016

湖心亭看雪

纸本水墨设色（194cm × 69cm）2016

容天地云水间舟子之小；至于“舟中人两三粒”，就更是须弥芥子、沧海一粟了！

这许多时间、景物交代清楚之后，来到全文最精警处，张岱登上湖心亭，赫然发现有人先到了，正铺毡对坐、饮酒赏景。他们非但来自金陵，而且带了防寒的毡毯，可见是有备而来。所以张岱没说他吓一跳，反而讲那饮酒的二人：“大喜，曰：湖中焉得更有此人！”此情此时此景，能相遇，除了有缘，更惊讶彼此的雅兴！

因此张岱除了“饮”，更要强饮三大杯。而且在结尾时不自己说，却借舟子之口说。又不直说、大声说，而是小声喃喃自语：“莫说相公痴，更有痴似相公者！”

从文学的角度看，这篇短文，有“有我之境”，有“无我之境”；有“隔”，有“不隔”；有“有声”，有“无声”。

而且从出发到结束，成为一个完满的“圆”。

早就醉心于张岱的《湖心亭看雪》，二〇一七年五月在浙江美术馆画展前，终于画成这张六尺半的大画。我先在生宣纸上勾出前景的残柳枯枝，再以胶矾勾染，由于明矾产生排斥的效果，自然从深色的背景中露出雾凇。

远山用的是特殊技法“褶绉喷染”，可以看到湖心亭、保俶塔、长堤一痕、小船一芥和舟中人两三粒。湖心亭内两人正相对饮酒，一童子蹲在炉前煮酒，他们的篷舟则停在岸边。

月晕在天，我以排笔蘸青墨横着刷，表现潋滟的波光倒影。

西湖之美，晴不如雨，雨不如夜，夜不如雪，雪不如月中之雪、湖心亭看雪。

花语

冷香飞上诗句（局部）

绢本设色（98cm×60cm）2013

采花贼

第一次见到木莲，是在蒋经国宅邸的院子里。那时我住在林森北路铁道边的违建区，隔三条街就是蒋经国宅邸。有一天跟新婚妻子在圆环吃完消夜，沿着长安东路走回家，突然闻到一股似有似无的幽香，那属于冷香，所以在晚风中特别沁人，循香找去，原来飘自蒋经国家的院子。平常大门紧闭、警卫森严的宅邸，当天晚上居然门户大开，里面还停着几辆推土机，那香就来自庭园中间一棵四五丈高的大树。

夜深，庭园也深，显然蒋经国早搬走了，房子正在改建。黑漆漆的没有灯火，隐约可见树上一朵朵大大的白花。看四周没有警卫，我叫妻在门口守着，径自蹑手蹑脚摸进大院子。推土机前有一个小土堆，我爬上去，正好可以够到低处的白花。奇葩难遇，我毫不犹豫地挑了一朵，连带下面几片叶子，双手抓住粗粗的枝子，没想到才要使力，“咔！”枝子已经应声折断，让我意外地失去平衡，差点从土堆上滚下来。

偷到蒋家的花，既紧张又兴奋。我们快步走，一路走一路端详手里的白花，大概太香，香得醉人，好像喝了酒，心跳特别快。

怕花容易凋，我回家立刻写生。多美啊！美得像是佛

木莲

陀座下的莲花，一片片厚如白色贝壳的大花瓣，很均匀地托着中间绿色的雌蕊和黄色的花药，而且像荷花似的，一枝花茎端端正正举起中间一朵大花。不知为什么，从侧面看让我想起掌心朝天的佛，很平、很稳、很静，以浓得化不开的旃檀之香熏陶众生。

隔天查书，知道那花属于木兰科，跟街头卖的白兰花和早春绽放的辛夷是一家，而且早在恐龙的年代就出现了。因为原产美洲，上世纪初才引进中国，所以正式的名字是洋玉兰。也可能因为广东最多，又叫广玉兰，又因为长得像荷花，被称为荷花玉兰。而我，从见到它的那一刻，就觉得是大树上开的莲花，所以喜欢它的另一个名字：木莲。

我偷回家的木莲隔夜就变了样子，先是开得很大，花瓣泛出象牙色，才轻轻一碰，雄蕊就全部坠落，接着花瓣凋零，只剩孤独的雌蕊。改天再去蒋经国宅邸看，两人合抱的大树已经不见了。

不知是否当时台湾种得少，我第二次见到木莲，已经是五年之后。有一天跟朋友去中横，住在梨山宾馆，发现庭园里一棵丈二的小树，顶端有一朵将绽的大白花。

“是难得一见的木莲耶！可惜长那么高，不然就能写生了。”我对同行的朋友说。

半夜被一阵急促的敲门声惊醒，问是谁。“快开门！”只见朋友弓着腰进门，手上攥着一截树干，接着窸窸窣窣地从门外拖进一棵树，还指着树头，“你不是要画这朵大白花吗？”

“我是想画，但没叫你偷，更没叫你偷一整棵树啊！”我压低声音对他喊。

朋友一笑："我原来只想摘最上面的一朵，哪知道树那么脆，才爬上去，就'咔吧'一声从下面断了，害我抱着树差点摔死。"

当天夜里我把几张信纸接成一大张，画了幅白描木莲。画完，窗外都微微亮了。更麻烦的是，还得花工夫把那棵树折成一小段一小段，塞进许多塑料袋，再分批拿出去毁尸灭迹。

接着我就应聘赴美，在维吉尼亚州的丹维尔美术馆做驻馆艺术家。有一晚教完课，原本约好开车来接我的朋友迟迟没出现，只好自己走到两公里外坐公交车。

孟夏，原先盛放的石楠花已经干枯地挂在枝头。成片的萱草也只剩一根根光秃的花茎，在晚风中摇摆。维吉尼亚小城人家的院子都大，房子隔得远，只有迷离的灯火和寂寥的异乡路。我右手提着重重的画箱，左手拿着一卷宣纸，时不时纸就被吹折，令我懊恼。长长的路很直，通向灰蒙蒙的另一头。每个背后闪亮的车灯，我都猜是来接我的朋友，刚回头又发现不对。蓦地感觉一种熟悉的香味，我没理睬，只想着回那个不是家的家。香味愈来愈明显了，随着我的步子变得浓郁无比，抬头看，不知何时一轮明月已经挂在路的尽头。夹道都是一人抱的大树，油亮的叶片闪着冷冷的月光，还有一团一团的白，居然全是盛放的木莲。瞳孔放大，夜色变得明亮了，千百朵白花被浓荫托起，好像浮在空中的盏盏莲花。突然背后闪大灯，朋友把车缓缓驶到我身边，还跳下车不断道歉。

“别道歉！”我把车窗摇下，让晚风带着醉人的冷香吹进，对朋友说，“你反而让我有了难得的经验，觉得这条路只要一直走，就能走回我的故乡。多棒啊！多希望我的故乡也能有这么壮观的木莲大道。”

转眼三十多年过去，大概因为园艺推广，台湾已经处处可见木莲，连我住的社区门口都种了一排。初夏回家只要走进巷口，就能沉浸在一片幽香中。

八月九号，苏迪勒台风袭台，儿子隔着太平洋报告灾情：“阳台的花盆破了，排水口被朽叶堵住，积水淹进了屋子。大直堤防外的树，淹了一半。”

我问：“社区的树呢？”

“南洋杉和枫树各倒一棵，柚子树 OK，但是奇怪耶，前门那种开大白花的树，断枝落了一地。那枝子好像很不禁风，才起风就断了好多。”儿子报告。

我笑笑说：“那是木莲，整棵树都带香味，但是木质很脆。”临挂电话，又叮嘱孙子孙女，“千万不能爬上那种树采花哟！”

“为什么？”孙子喊。

“因为很危险！可能才爬上去，一整棵就断了！”

附记

整理多年的木莲写生，画了一张十二尺的《月夜潜行》。月夜风疾木莲盛放，猫头鹰抓到一只老鼠，正站在枝头准备大快朵颐，岂知背后有只云豹已经悄悄掩至。画完还题了首诗：

暗夜本无法，飞天我独尊；

鹰眼疾如电，奸小难遁形；

解甲迎风坐，收弓马蹄轻；

开轩玩月华，散发步中庭。

云卷藤萝带，风展贝叶经；

诵读旃檀味，批注木莲情；

我心即我法，处变何须惊。

且乐今宵小确幸，不惧身后有山君。

月夜潜行

纸本水墨设色（143cm × 360cm）2015

冷香飞上诗句

夕阳斜，晚风飘，

大家来唱采莲谣。

红花艳，白花娇，

扑面飘香暑气消。

你划桨，我撑篙，

欸乃一声过小桥。

船行快，歌声高，

采得莲花乐陶陶。

从小跟着大人一起唱《采莲谣》，但是没什么感动。直到在儿童杂志上看到一幅采莲的插图之后，再唱《采莲谣》感觉就大不相同了。

那书上画了好多小女孩，坐在木头澡盆里，用手划水，进入荷花丛中。

每天我都在里面洗澡的木盆，原来也可以当船啊！

坐在澡盆里以手做桨，划水前进，既是划船也是戏水，多好玩哪！

还有，一根根长茎，撑起上面大大的荷叶和荷花，那些小孩根本就是溜进荷花树林里。不像玩躲猫猫吗？

我最爱想象躲在荷叶下的感觉了，阳光从上面射下来，

冷香飞上诗句

绢本设色（98cm×60cm）2013

荷叶像一把把绿色的大伞，躲在下面很有安全感。至于细细的荷茎则像丛林，要用手拨开才能前进，又有探险的刺激。

小孩都希望有自己的密室，所以喜欢阁楼和树屋，甚至只是把纸盒堆得高高的，藏在后面，说那是他的家。

这荷花塘不就是藏身的好地方吗？何况是划着木头澡盆溜进去，太刺激了！

一直到成年我都用童年的眼睛看荷花，别人看上面的荷花、莲蓬，我看下面神秘的水面与荷叶。

荷塘常浮着许多萍藻，有些很小很小，如同香菜，铺满整个水面。在荷叶的浓荫里，萍藻是翠绿的，会不会有粗心的人，以为那是绿草地而一脚踩上去跌入荷塘？我也羡慕蜻蜓，能够站在萍藻上，既安全又惬意。更美的是荷

风荷

纸本水墨设色（136cm×68cm）2016

花花瓣飘落，翠绿为底，粉红或纯白的花瓣像弯弯的小船停泊，我曾拍过一张这样的照片，作为散文集的封面，引来不少赞美。

风荷

起风的日子，荷花另有一种美，荷叶正面是深绿色，背面是浅绿色，因为被风掀起，俯仰翻转、深浅交织！而且聚生的荷叶，因为彼此扶持，在风里不易倾倒，边缘散生的就摇摆得厉害了。尤其是初秋时节，荷花零零落落，莲蓬倔强地立在其间，许多荷叶已经由黄转褐，有些迟生的叶子却刚刚钻出水面。这热闹与孤独、新生与老去、完美与残破，呈现了荷花世界的岁月兴衰。

雨荷

纸本水墨设色（136cm×68cm）2016

雨荷

留得残荷听雨声！

雨中的荷花就像雨中的芭蕉，随着叶片的高低大小，产生抑扬顿挫的音效。雨水落在荷叶上，立刻变成银色的水珠自由滚动，先聚集在荷叶中心比较凹下的地方，愈聚愈多，愈来愈重，荷叶撑不住，终于向一边倾泻而下。然后那叶子又昂首弹起，恢复原先挺立的样子。所以雨中的荷叶就算无风，也会不停地抖动。我曾见过一只小麻雀，在荷叶下躲雨，低头若有所思。心想它是窃喜找到遮雨的好地方，还是无可奈何，只得倾听上面滴滴答答的雨声。

雪荷

无论生长在哪里，荷花都是要冬眠的。所有的繁华丰盛都过去，大大的叶片全不见了，水面只剩干枯的荷茎和立着的莲蓬。荷茎是坚持的，它们不委屈，只折断，一根根像是折钗股，断向水面。黑黑的，让人忘了它们的存在。这时候如果来一场雪，它们就会突出了。

断桥残雪（局部）
纸本水墨设色（68.5cm × 171cm）2016

记得有一年到杭州断桥赏雪，桥面落雪之后在深黑的水上变成白白一线，桥边柳树和亭台也因为落雪而清晰。还有，就是岸边的残荷，一根根黑黑的荷茎，都被白雪覆盖成飞白的笔触。

好多人把握这难得的机会，拍摄断桥残雪的美景，我却站在水边，久久，欣赏雪中的枯枝残荷，想盛夏时节，曾是怎样的繁华。

不知为什么浮起李易安的句子：

常记溪亭日暮，沉醉不知归路。

兴尽晚回舟，误入藕花深处。

争渡，争渡，惊起一滩鸥鹭。

断桥残雪

纸本水墨设色（68.5cm × 171cm）2016

西湖賞雪
晴不如雨
雨不如月
月不如雪

这会不会是李清照晚年看残荷的感慨？遥想她年少轻狂时，因为醉酒忘记回家的路，结果把船划进荷花丛中，只见上下左右一片青盖亭亭。

少女急了："怎么渡？怎么渡？"

突然"啪啪啪啪"，惊飞了一群原本停在沙滩上的鸥鸟和鹭鸶。

梦见野姜花

童年时离家不过百米就有一条小河，我常趁母亲午睡的时候去河里抓鱼。先一手拉着河边的野姜花，一手把竹畚箕伸到水里捞。那些鱼都很小，最大的也不过三公分，藏在畚箕缝里不容易看到，我就把畚箕扣在草地上用力拍，把小鱼震出来，再一条条捡起带回家。

小河是瑠公圳的支流，水势顺着晴雨变化，有时正捞鱼，突然水流变急，从膝盖一下子淹到腰，幸亏身边有强韧的野姜花，我只要抓紧它们的茎叶就能平安。据说曾有人在台风时溺水顺流而下，也是靠着抓住岸边的野姜花，捡回一命。

我常顺便采些姜花带回家，会先把一块大石头上的坑洞加满水，再把小鱼放进去，用姜花点缀在四周。小鱼过不了两个小时就一条条肚子翻白，被我扔进水沟。手上洗不掉的腥味全靠姜花的馨香掩盖，才不被妈妈发现。

跟父亲去新店溪边钓鱼，更是满山遍野的姜花，大概因为土壤肥沃，那里的姜花长得特别高壮。有一次我走进花丛，父亲四处找我，我虽然不断喊“在这儿”，他却找不到。当我跑出来的时候，父亲笑说：“又没被绑架，干吗藏在芦荡？”后来才知道以前爷爷被土匪绑架，两眼用铜钱盖住，外面再贴膏药，藏在芦荡中勒索银元、大烟和手枪，奶奶花了半个月的时间才凑足东西，把爷爷赎回。

从那之后，我走进姜花丛中就更容易想象了。高高的姜花也像竹林，叶子薄薄宽宽又长长的，逆光看一片翠绿。风吹来，“呼噜呼噜”加上摩挲的音响，还有一股幽香。

它们整株都是香的，叶子带着生姜的香味，可以包粽子；块根与食用的生姜看起来一模一样，据说能做糕饼。至于那白色，有点像蝴蝶的花瓣，既可以入菜，也可以泡茶。

其实姜花看似花瓣的部分并不是真的花瓣，而是花蕊的变形，真正的花瓣在绽放之后就蜷缩隐藏了。姜花的花蕊雌雄合二为一，只有白白粗粗的一根伸出来。最前端的雌蕊是个绿色的小点子，下头紧贴着一个长长的小夹子，夹子两侧是黄色的雄蕊花药。虽然看了遍野的姜花，我却没注意过姜花的种子。直到后来在网上查，才知道它们会

野姜花

纸本水墨设色（33cm × 41cm）2001

结朱红色的果子。我也曾在网上查有关姜花的古诗词，居然没找到，是因为那时候姜花还没从东南亚和喜马拉雅传入中国，还是因为它们都生在水边，太平凡，所以少被歌颂？

但我觉得姜花高雅极了！它的香味很淡很幽，不像含笑那样馥郁，也没晚香玉的浓重，倒有着梅花的幽。花少的时候似有似无，花多的时候也不令人昏醉。一直到今天，还有六七岁时睡在父亲怀里、在溪边钓鱼的记忆。虽然闭着眼睛，睡着了，父亲怀抱的温度、姜花的阵阵幽香，和细细的沙沙的一波波溪水，都进入我的梦中。

还有个记忆，是父亲的钓友常用姜花叶片把鱼穿起来。只见他们抓住姜花叶子逆向扯，就能从茎上扯下一长条，再用那长条当绳子穿过鱼鳃，大概因为我感觉很残酷，所以印象深刻。

所幸父亲钓到鱼，不是放到渔篓就是先装进渔网，再用块大石头压在浅水里，这样可以让鱼活着保鲜。记得有一回我好奇，走到溪边看，提起渔网的一角，两条鱼不知怎么就溜不见了。我很紧张，觉得闯了大祸，怯生生地跟父亲说。他居然一笑："跑了没关系！再钓嘛！"

他这句话，我记念一生。

父亲死后，我再没去过新店溪边钓鱼，也在不久之后搬离童年的那个家，只有在郊游的时候偶尔看见野姜花。但只要我去花市见有姜花，一定会买一把。可惜的是大概为了运输方便，花市的姜花都把长长的花茎剪掉，只剩很少的叶子。

到美国之后，就更没机会见到野姜花了。只记得有一次去佛罗里达的迪士尼世界，在动物王国的水边见过一次。

原以为这辈子跟姜花的缘分结束了，没想到，这两年我居然自己拥有了姜花。

那是因为我繁殖了许多君子兰，自己养不了，就拿去送给华埠的花店，没隔多久，花店老板居然抬来三盆花送我。一盆白兰花、一盆桂花，还有一盆姜花。

我把姜花放在大花盆里，加上腐殖质，又模拟水边环境，在花盆下加个总是注满水的托盘，再把花放在向阳的南窗。虽然不及童年水湄的茂盛，我的姜花也能长到一百六十公分以上，而且就算冬天外面下雪，仍然常在屋里盛放。

花盆放在有轮的座子上，我常抓着叶茎，把花拉进画室的桌前，然后很从容地写生。有一次来访的朋友看见我扯着花茎走，问为什么不拉花盆，如果把花拉断了怎么办。

我说："怕什么？我从小就扯姜花，从来没扯断过。

这姜花可结实了！多少次河里涨水，都靠拉着它们，我才捡回一条小命。”

前年夏天姜花盛开，我在绢本上以工笔画了这幅《更随甄宓梦鸳鸯》。花用青墨勾勒，再在绢的正反面以胡粉和淡淡的黄绿表现花瓣。叶子很多，但我完全不用墨，也不勾轮廓，完全以不同的水绿表现层次。叶子的尖端和叶鞘，加了一点赭石色，形容焦黄的细节。因为在完美里加一点残破，更真实！

配合鸳鸯，题了一首挺浪漫，甚至带点绮色的诗：

更随甄宓梦鸳鸯

绢本设色（135cm × 81cm）2015

烟波千顷摇碧色，姜子八月散幽香。

谁教西施解环佩，更随甄宓梦鸳鸯。

画意

刘墉集《无用师卷》《剩山图》与《子明卷》
仿黄公望《富春山居图》（局部）
纸本水墨设色（28cm×830cm）2016

遥想西子当年

年轻时很喜欢日本作家芥川龙之介的《竹林中》，也就是后来被黑泽明拍成《罗生门》的原作。觉得只有像他那样神经质的鬼才作家才写得出来。但是当我读到芥川在《中国游记》里写的西湖时，就很反感了。当时我虽然还没去过西湖，却早在心里勾出“欲把西湖比西子，淡妆浓抹总相宜”和“山外青山楼外楼，西湖歌舞几时休”的优美与繁华。

但为什么芥川会说西湖只是在水田上面多加一些水呢？是因为西湖太浅、湖底的泥泞太多，还是水质太脏？芥川写他在西湖边上，看到有人洗衣服，有人洗拔光毛的鸡，有人钓鱼。写他住在西湖最著名的旅馆，偏僻得像会闹鬼，更糟糕的是在床上发现一只很大的蜘蛛。他这样写，不是把原本想去西湖游玩的日本游客都吓跑了吗？

去台北故宫博物院看“乾隆行箧随行展”，乾隆六次南巡时随身携带的书画，除了子明卷《富春山居图》，最显眼的就是董邦达画的几幅西湖。

其中一卷《西湖十景》是乾隆南巡之前画的，虽说十景，其实有五十四个景点，一一标出名称，像“西泠桥”“断桥残雪”“平湖秋月”“曲院风荷”，简直就是一张给乾

古城春暖（局部）

纸本水墨设色（142cm × 240cm）2017

隆看的导览图。搞不好乾隆就是因为向往富春江和西湖的风景而南巡的呢！

看董邦达的《西湖十景》，桃红柳绿、山清水秀，美极了！难道因为那是乾隆盛世，所以把西湖治理得好？至于芥川一九二一年到的中国，则因为兵荒马乱所以破敝？

顺着这条路想下去，当世态不同、国力不同，虽然西子终究是西子，那西湖之畔的感受也会大有不同。风调雨顺、国泰民安的时代，百姓富裕了，游人增多了，自然湖畔多酒肆茶馆，湖上多游艇画舫。公共建设好、古迹维修好，加上王公贵族在湖边建豪宅别墅，莳花种草、勤于打理，当然比较整齐干净。相对地，民不聊生的时候，公家无力建设，人民自私自利，西子的容颜也难免受损。

那么当杭州成为南宋首都的时候，西湖又是什么样子？

古城春晓（局部）
纸本水墨设色（142cm×240cm）2017

古城春暖（局部）

纸本水墨设色（142cm × 240cm）2017

所幸华府弗瑞尔画廊收藏的《西湖清趣图》，记录了西湖当年的面貌。当时“大内”在西湖的南边，民居多半在皇城东北，南宋王朝在这个“暖风熏得游人醉”的好地方，逐渐累积了偏安的小确幸，极力建设杭州、经营西湖。

从《西湖清趣图》可以看到那时候的城门是圭形（也可以说是梯形），而不像后代的拱圆形。湖边的街道建筑十分整齐，许多临湖的大户人家建起楼台水榭，小户人家也在湖面插着整齐的栏杆作为界线。苏堤白堤都有了，雷峰塔、保俶塔也已经存在。据说风景最美的苏堤，当初并不是为了赏景而建，而是因为苏东坡发现湖上有一片杂草丛生的湿地，既不能做湖，也不能种田，于是发动民工把淤泥挖起来，堆成一条长堤。

想象南宋盛世，我也画了一张充满故事情节的《古城

古城春暖（局部）

纸本水墨设色（142cm×240cm）2017

春暖》：日暮时分的临安城，有急着进城的轿夫旅人、赶着出城的驴马驮队。市井百态，有餐店酒馆驿站、叫卖的小贩和跪地的乞丐。旅店前驴马大车拉来贵客，伙计杂役忙着上前招呼。名士在楼台赏花、凉亭雅集。黄昏时分炊烟渐起，湖边游人如织，湖上画舫穿梭。花红柳绿倒映水中，保俶塔矗立山巅。太阳西下彤霞在天，云蒸雾涌托起群山。

我作画一向有童心，少不得加上猫狗鹊鸟，还有些大人打架和小孩躲猫猫的情节，最促狭的是在客栈中加个广告牌，上面写：刘墉驻馆批命，不准不要钱。

李唐老哥

李唐老哥：

您好！首先我得向您致歉，因为我虽然久仰大名，甚至常在课堂上介绍您是中国最伟大的山水画家，但说实话，我从来没细细研究过您的作品。当然，这也得怪您的画是绢本，已经老得发黑了，印在书里一团黑，就算到台北故宫博物院扒着玻璃看原作，也是模模糊糊。直到我最近逛博物院，进专题展览室之前先经过一个房间，整面墙是幅放大的山水画，我匆匆走过去，又立刻退回来，天哪！只见满眼的松林好像随风摆动，旁边的涧水似乎訇訇有声。尤其是上游，隐约从松树间透出来，黑白对比闪亮闪亮的水光，让人想到王维的“泉声咽危石，日色冷青松”，真觉得有冷冷的山风扑面而来，才惊觉：这不是李唐的《万壑松风图》吗？

您有多大的工夫和耐力呀！我早年放幻灯，向学生介绍这张画，只会说：“瞧！七十多高龄的李唐，居然能画这高六尺、宽四尺半的大画。”却没想到您老哥连画松针也一丝不苟，就算放大，都能见到一根根全是尖的。而且松枝左扭右拐，即使前面被遮住，后面还接得上。盘根错节更甭说了，如同巨龙之爪，狠狠地抓着地面。如果全靠想象，您能表现得这么有变化吗？

李唐老哥，我猜您一定是对景写生的。最起码是先在野外写生，再回家慢慢经营。谁说国画没有精准的透视？看您这张画，瞧那瀑布小湍高低层叠，您根本是用定点透视。而且必定先打了底稿，垫在绢的下面画，所以构图完美、下笔肯定。不过我发现您大概太潇洒纵肆，水边的岩石有一笔画过头了。换作别人大不了将错就错，盖过去。可您老哥坚持不改，为的是要透视的感觉好。

虽然说您是对景写生，其实您也有浪漫的创造，譬如远景，若不是您比吴承恩早了几百年，我一定要说那几座活像手指的仙山，是受到《西游记》里孙猴子在如来佛掌心撒尿的启发。更新鲜的是，您居然把题记写在其中一座山上，这可比范宽将名字藏在树丛间霸气多了！

当天我就去台北故宫博物院商店买了您的《万壑松风

临李唐《万壑松风图》
绢本水墨设色（188cm × 139cm）2016

图》的复制品，店员说：“这是最后一卷，没了！”回到家，我立刻挂在墙上，却也立刻气喘发作，大概因为库存太久有股怪味，我只好先喷气喘药，再戴上口罩欣赏。据说这是日本专家四十年前开着超大摄影机去台北故宫博物院拍摄的，原寸原色印在绢上，几可乱真。

我一寸一寸扒着看，越看越叹服，所谓石分三面，您老哥真是做到了，尤其您用毛笔侧锋画山岩，确实表现出三度空间的立体感。我相信您一定写生，而且画的八成是石多土少的北方山水。是太行山吗？我去郭亮村时见到的山水就是这样子。对了！您老哥在北宋倒台的时候，不是还流落到太行山，干过几天土匪吗？

对不起！不是对您不敬，早年张大千也被土匪抓去做过师爷。何况您老哥在土匪窝里收了个徒弟萧照，后来还跟您随宋室南渡，在街上摆摊子卖画，进入画院成为待诏呢！可见土匪里不乏人才，尤其乱世，很多人才当土匪，深造之后改邪归正，更是气魄非凡成为大家。这张画虽然题的是“皇宋宣和甲辰春河阳李唐笔”，算来您当时还没落难，但我猜您八成经常游山玩水。不仅如此，还可能“爬”山“涉”水，因为您画出了花岗岩的质感，搞不好爬山时被尖锐的石头割伤过。画面右下方的小路是您常走的路吗？为什么不加个人物？譬如画位光头和尚，李白的“蜀僧抱绿绮，西下峨眉峰。为我一挥手，如听万壑松”，多合这张画的意境。对不起！我忘了您擅长隐喻，当年画院考试，题目是“竹锁桥边卖酒家”，别人都画酒家饮者，而您只画个酒帘从桥边的竹林伸出，就得了大奖。哇！聪明聪明！为您老哥喝彩！

您画山涧也精彩，应该是“溯溪一族”吧？因为您画的不仅是悬泉飞漱，而且表现了山涧里的阴湿水汽。谁说中国画不重视光影？这幅画中的瀑布，因为躲在阳光照不到的幽谷中，您还特地在白色的飞瀑上加染阴影。李唐老哥，我发现您画的八成是下午将入晚的山水，因为天空染了淡淡的红。还有，您不像后来大多数的中国画家把天空留白，即使今天绢变黑了，仍然看得出天空整个用赭墨染过，衬托出层层暮云。我还猜这张画是坐南朝北，因为画面右边是西，整张山水画朝右边的山石都比较亮，而且带一点赭色。对了！由树梢观察，画上吹的是微微的东风。

李唐老哥，您要是当年能出去，绝对可以去欧洲教画，他们写生的功夫远不如您，您非但对透视和光影下功夫，连色彩都讲究极了，而且少用纯绿、纯蓝、纯赭，硬是把它们混在一起，您还加石青石绿这些矿物质颜料呢。李唐老哥，您也太迂了吧！举个例子，您先用墨画松树，连松针都一根一根描，然后染水绿，在上面用青墨勾一遍，仍然是一根一根画。这还不够，您再在前景的松针上加画一次不透明的石绿。这是何必呢？您最后用石绿盖上去，不是把先前画的都遮住了吗？虽然经过将近九百年，原先的石绿色多半不见了，但我猜您八成是为了让前面的松树跟背景对比出空间感。换作别的画家，一定会把背景的岩石画淡一点，但是您不干，您要的是“山从人面起，云傍马头生”的力量。也正因此，《万壑松风图》被公认是台北故宫博物院“镇馆三宝”中最有力量的。

后来的文人画家很可能怕他们逸笔草草的作品跟您的皇皇巨构一比就不见了，所以批评您画得太重太满。但是李唐老哥，您也别伤心，这可是因祸得福啊！正因为您这张画总被束之高阁，很少悬挂，所以残破的地方不多。尤其值得庆幸的是，乾隆老爹居然没在上面舞文弄墨，使您这幅画能够老得清白，没被霸凌。

还有一点我不解，李唐老哥，您作这张画的公元一一二四年，搞不好已经七十六高龄了，您的眼力还这么好，手还这么稳，您是吃什么仙丹妙药了吗？让我这个后生晚辈很不服气，所以我也要照您的路走一遍。我可不是要去太行山当土匪，而是要临摹您老哥的这张旷世巨作。我会照样在绢上以小斧劈皴画岩石，以中锋小笔勾松针，跟着您的脚步，亦步亦趋，一丝不苟地克隆一张。

只有您画错的那笔，嘿嘿！我只当没看见，不画！

郭熙老哥

郭熙老哥：

首先我得向您致歉，因为以前在课堂上，我都叫您水蜜桃先生。不过您千万要谅解，我不是存心对您不敬，而是因为在外教中国美术史，下面一群洋孩子很难控制，就算放幻灯，学生还是容易分心，搞不好趁黑打瞌睡亲嘴，害我不得不加点料，所以每次放您的《早春图》，我都会先说："来！现在让我们换种口味，欣赏水蜜桃先生！"

再指着画里一个个像水蜜桃的山丘问，“是不是好像水蜜桃？还有，除了那些山像水蜜桃，画上的树木也好像伸着胳臂摊开手，它们弯曲的弧度，跟水蜜桃的轮廓是不是很像？正因此，一堆山、一堆树，构图复杂极了，却一点也不乱，反而给人和谐的感觉。由此可知，从表面上看这张画画的是真山真水，其实是郭熙再创造的。”

不过，郭熙老哥，今天当我细细临摹您这幅画的时候，发现您还是相当写实，搞不好确实看过水蜜桃山，再不然就是很懂地形学。因为从画里好多平台看得出来，那些是准平原的遗迹！表示亿万年前因为地壳变动，使得平坦的地面被侵蚀成高山深谷。左边平缓的山谷是被冰河磨出的槽沟，上面奇怪的山峰是切割残留的冰斗。

至于右边一连串的瀑布和小水潭，多像九寨沟哇！那是被瀑布冲出来的跌水潭，瞧，水潭两边的山壁伸出来，躲在下面戏水，就算裸泳，被四周山壁挡着，狗仔队也拍不到。

郭熙老哥，您真会选地方！就在这天然澡堂子的上面建了琼楼玉宇。平台稳定正好盖房子，山泉流过可以供饮水。后面靠大山为屏，左右有山峦环抱，右侧得道路进出，居高临下、易守难攻，这可是“左青龙、右白虎、前朱雀、后玄武”的好格局啊！

对对对，郭熙老哥，我忘了您也是看风水的专家，您还说过：“画有相法，李成子孙昌盛，其山脚地面皆浑厚阔大，上秀而下丰，合有后之相也……”

您这张《早春图》不正是上秀下丰吗？而且前景下方呈金字塔形，再加两株老松，真是龙盘虎踞。怪不得您儿子那么棒，不但官至经略安抚使，把您平常作画时抒发的感想记下来，成为名著《林泉高致集》，还花大把银子收藏您遗失在外的作品，否则只怕您的画早被裱画师傅当抹布了。

当然也得感谢邓椿的老爸，是他发现神宗一死，您就失宠，非但挂在宫里的画都被撤下来，而且沦为抹布。也多亏他去跟皇上要，运了一车回家。这张《早春图》显然没做过抹布，北宋垮台之后，它被金章宗收藏，后来还进了明的内府和清宫，才能这么完好地保存至今。

据说您就是因为被冷落，气死的。但是又有一说，讲您活到八十多岁。您到底什么时候出生？有说公元一〇〇〇年，有说一〇二三年，如果照您的题记，这幅作品是一〇七二年画，倒算五十年，一〇二三年应该比较合理。

我这么说，是从画上的笔触推论，那些人物小到不足一公分，必定用了像针尖的小笔。这谈何容易啊！单单看线条，您的手多稳！画船连铆钉都不错过，画楼阁连斗拱都不马虎，画渔舟连渔网都一丝不苟。人物更甭提了，您自己虽说过“远人无目”，表示画远景人物，因为太远，不必画眼睛。可是在这张画上您除了眼睛，连嘴都不放过。抱娃娃的妈妈回头看挑夫，前面的小狗往家奔跑，戴宽檐帽的行人有的闷头前进，有的边走边聊，还有隐藏在云雾中背包拄杖的登山客，他们不但形状生动，甚至能闻其声。以您身处的时代，就算老当益壮，年过七十只怕手也不稳了。从这些小地方，我猜《早春图》应该是您五十岁左右画的。

其实我十几岁就临摹过您这张大作，那时候没有高仿，看不清楚，只能照葫芦画瓢。而今过半世纪再画，感觉就大不相同了。历代专家都说您用的是云头皴，但是据我看，只有石头轮廓圆圆滚滚，有点云头的样子。其余根本是披麻皴，也就是一长条一长条用毛笔侧锋画出的线条。总之，无论范宽的雨点皴、您的云头皴或巨然的披麻皴，都只是为了表现岩石的质理，何必硬去归类呢？

除了针尖般的小毛笔，您一定还用了刷子，最起码天空是大笔刷出来的。您那时候的画家很实在，不像后来的文人偷懒留白。您知道吗，我为了临这张《早春图》，连去了台北故宫博物院五次，他们不准拍照，我就坐在前面的沙发上看。最重要的是看前景的深黑和天空的灰色。因为高仿的作品，做得再好，也印不出深黑和浅灰的细节。

郭熙老哥，我真是愈看愈佩服您了！如果李唐的《万壑松风图》画的是阳刚，您表现的绝对是阴柔。怪不得您说“轻云有薄罗引素之容”。冬天过了，积雪消融、涧水潺潺、溪谷溅扑。您以再三的晕染，表现早春的淡烟；以生机勃发的用笔，表现早春的树枝；故意不勾溪边岩石的轮廓，表现春水的润泽。您对云雾间的景物也都细细经营，半隐在雾中的树梢、旅人、亭台和苑囿间的树木都隐约可见。甚至在最高的山凹，还藏了一处楼阁。顺着左边溪流望去，则是更远处平缓的山峦。这张作品确实印证了您的画论——“高远、深远、平远”和“可行、可望、可游、可居”。既有雄浑也有淡远，引人遐思、令人神往，尤其是其中的故事情节：春回大地，渔人趁溪流解冻撒网，旅者趁山道雪净赶路。过年回娘家的妇人一手抱着娃娃，一手牵着幼子回来了；小狗载欣载奔，家门已在眼前。春山如笑，每

临郭熙《早春图》（局部）
绢本水墨（159cm × 112cm）2017

种景物都从冬天醒来，洋溢着早春的喜悦与温馨。

郭熙老哥，因为气喘而不得不躲到台北的我，一边临摹您的这幅《早春图》，一边想：二月了，纽约的冰雪即将解冻，我也该回家了！

公望老哥

公望老哥：

您好！首先我要向您报告：虽然咱们相差六百多年，您却是我从小就崇拜的偶像，请恕我贴金，因为我觉得跟您的遭遇实在有些相似：

首先，据说您本来姓陆，后来过继给黄家，黄老爹因为九十岁才得到您这个儿子，可谓“黄公望子久矣”，所以您叫黄公望，字子久。照您这情况，我应该叫刘公望，字子久。因为我也是螟蛉子，从姚家过继给刘家，我养父那时候也够老的了。

其次，据说您是神童，而且上通天文、下晓地理，沈周老哥说您：“以山水驰声东南。其博学，惜为画所掩。所至三教之人，杂然问难，翁论辩其间，风神竦逸，口如悬河。”我小时候也被称为神童，而且什么都搞，虽然样样不精，倒也挺能吹，唬倒不少人。唯一不同的是我的文章虽然写得不怎么样，却掩盖了我的画，好多人居然不知道我是学艺术的。

还有一点跟您相似，是您多半的时间不务正业，尤其皈依全真教之后，更是闲云野鹤，为人卜卦算命看风水。我也差不多，除了做过几年无冕王，误过几年洋人子弟，其余岁月，也就字里来、画里去地混日子，而且偷偷跟您说:

刘墉集《无用师卷》《剩山图》与《子明卷》
仿黄公望《富春山居图》（局部）

我也会些堪舆之术，为人看方位，还骗过几个红包呢！

此外，您虽是常熟人，却多半在苏杭一带盘桓，八十以后还在杭州筲箕泉买房子。我的祖籍则是临安，在杭州隔壁，距离富春江也不远，搞不好您还在我老家住过呢！

提到富春江，当然得说说您的不朽之作《富春山居图》，我最近不揣简陋，正临摹您的这卷画。据说您七十九岁动笔，画了三年才完成，因为您云游四方，没办法静下来一气呵成，幸亏您的同门师弟无用师紧迫盯人，逼您在卷末写明了会送给他，否则这张画只怕永远完成不了。

其实您早有拖的毛病，翰林学士危素，家藏二十张宋代的好纸，请您动笔，您不是足足拖了六年才交件吗？虽然有人说那些画是您的巅峰之作，可是您七十一岁居然又回头师古，两年间临摹了王维、董源、巨然、李成、范宽

刘墉集《无用师卷》《剩山图》与《子明卷》
仿黄公望《富春山居图》（局部）

等名家作品，而且说：“非景物不足以发胸襟，非遗笔不足以成规范，是二者，未始不相须也。”正因为您终年游历名山大川，所以胸有丘壑，又因为您能常常自我检讨，知道做学问要向深处下功夫，非撷取古人精华不能成规范，所以十年后能把两者合一，画成《富春山居图》。

如此说来，我又在向您学习了，我也年将古稀，现在临摹您的这卷画，不是师古吗？而且在这之前我才临摹了郭熙的《早春图》。虽然您距他并不太远，画风可大不相同。或许因为异族统治，您本来就心里不痛快，又被牵连下狱好几年，越发看透世事。也可能自从您入全真教，就不涉尘俗，加上往往醉后挥毫，您的画比郭熙洒脱多了。郭熙画宫殿连斗拱都一丝不苟，您画房子却好像只有轮廓线；郭熙画人物各有情状，您画富春山居，却无论垂钓的、过桥的，几乎一个样子。我知道您的目的不是把那些人画得多生动，而是作为指引，让看画的人能够把他自己放到那些人的位置，也就是进入画中做更深的感受。所谓“可以观、可以游、可以居”，您希望欣赏者跟您一起住到富春山。

怪不得这幅画对后世能有那么大的影响，大家看您从容不迫，说故事似的娓娓道来。前面画错了没关系，大不了后面用笔盖过去。笔墨没控制好也无碍，正显示您的不拘形迹。而且您在生纸上以干笔画的披麻皴，多自由！它不像斧劈皴刀刀见骨，而像是小提琴合奏的绵密交织，含蓄蕴藉中带有荒率苍莽。

但我要说您是在钻研历代名迹之后，才达到绵里藏针的功夫，许多看似简单的用笔，都经过层层摩挲。譬如文人画家画松树，往往先画枝干，再往上添扇形的符号，乍看好像枯枝上挂满假睫毛，您画的松树却能枝条穿梭、前后掩映。您的皴法也变化多端，散麻、解索、折带自然融合，而且浓淡线条交织，正如您在《写山水诀》里说的："先用淡墨积至可观处，然后用焦墨浓墨分出畦径。"那是再三经营的成果，比后来《子明卷》的光鲜亮丽，含蓄多了！

提到《子明卷》，最近台北故宫博物院举行"乾隆行箧随行展"展览，展出乾隆皇帝几次南巡时随身带的书画。被乾隆误认为真迹的《子明卷》当然是其中要角，只见超级爱现的乾隆，用五十五则题跋将整张画的空白都填满了。而且显然他还一路跟富春江的山水比对，说得头头是道。

问题是，您这《富春山居图》真是对景写生的吗？我最近由杭州坐船到富阳，怎么看都不觉得像啊！我也不相信您真能把画带在行李中，不时拿出来抹几笔，因为那么长的纸，一点折痕也没有。作画的人都知道，纸只要压一下，就算烫平了再画，也难免显出折痕。还有一点，如果您写生的是富春江北岸，画面上远景的浩渺烟波，现实中在哪里？所以我相信您是带着纸笔出去速写，再回家自由发挥的。

《富春山居图》多精彩啊！它不但能一手展、一手卷，好像电影的摇镜头，而且就算把整卷七百公分一次摊开，也能见到虚实掩映、宾主朝揖的节奏。当后人多半采取散点透视的时候，您以居高临下的固定视角，在三十三公分高的卷轴中，做了最大的发挥。

公望老哥，我最近非但游了富春江，而且在富阳下船，寻访了您的故居。安静的小电车在两山间行驶，一侧是猗猗竹林，一边是潺潺溪水。行到水穷处，看见几间草庐，门额上写着“小洞天”，应该是根据您在《秋山招隐图》中所述：“此富春山之别径也，予向构一堂于其间，每春秋焚香煮茗，游焉息焉，当晨岚夕照，月户雨窗，或登眺，或凭栏，不知身世在尘寰矣！额曰小洞天。”

“草庐是新建的，墓可不假！”当地学者蒋金乐指着后山上一处悬崖说，“近年发现黄公望的墓就在上面，碑文年久湮灭，但是从墓周的石看，属于常熟的形式，前面还有个用来聚气的半月形水池，据专家探测三合土，应该建于元末。”

我仰头看您老哥长眠的山崖，阳宅在前，阴宅在后；青龙白虎，两山环抱；后有大山，前临宽谷，远处对着富春江。如此风水宝地，想必是您自个儿挑的。

公望老哥，您真是太神了！据说您活着的时候能在人前突然消失，八十五岁仙去之后还曾数度“现身”。而且您在《富春山居图》后面题跋：“无用过虑有巧取豪夺者，俾先识卷末，庶使知其成就之难也。”似乎预知这张画后来被偷盗、火殉，又被救出，首身分离的奇遇。

公望老哥，我就要临摹了，而且我要根据《子明卷》《剩山图》和《无用师》三卷，画出一张完整的《富春山居图》。在下能力有限，拜托您老显显灵，助我笔底生风，画出原作的神韵，成就您这个六百年后的铁杆粉丝刘子久吧！

米奇与米妮

早上，在梦中，听见太太尖叫车房有老鼠，她吓得声音都发抖了，我只好穿着睡衣出马。那确实是一只很小的老鼠，长不过四公分，连尾巴大概八公分，眯着眼睛趴在工具箱的旁边，还不怎么会跑。我先把小老鼠放进塑料袋，再用洗洁精的瓶子压住袋口，挂在车房的架子上，告诉她等下我会拿出去放生。但是才没几分钟，她喊又出现一只。我灵光一闪，真好！米奇和米妮都有了，干脆把它们留下当宠物，于是拿来以前养螳螂的笼子，把两只小老鼠提着尾巴放进去。

接着把笼子提进厨房，问有没有好吃的饼干招待客人，太太缩在角落指指柜子叫我自己拿，我先挑了些圆圆的饼干，捏碎了放进笼子，但是发觉盐分过高，恐怕不适合小老鼠，于是又打开一盒无盐的苏打饼干放进去。

两只小老鼠大概吓坏了，依偎在一起发抖，对饼干无动于衷，我想它们也可能口渴，又把笼子提到阳台，打算用浇花的水管滴些水进去，没想到喷头没控制好，水势太大，笼子一下子变成游泳池，我赶紧手忙脚乱地把小老鼠捞出来。比较小的那只米妮，乖乖地缩在我手心，另一只米奇比较不乖，好像孙悟空一样在我掌心跳来跳去，而且冷不防地跳向地面，我赶紧把它抓回来。小老鼠软软的柔若无骨，

写生《小老鼠》

我不敢用力，不太抓得住，稍微抓紧一点，它居然回头咬我一口，好疼啊！我大吃一惊，把米奇扔回笼子，检查手指，看见两个红红的点子，还好，没流血。

我又把笼子提进书房，用以前养螳螂的方法，拿鸭嘴笔蘸水，往小老鼠的嘴里送，米奇立刻仰着头张开粉红色的小嘴，令我大喜，我又用鸭嘴笔夹了些饼干屑喂它，它也吃了。但是米妮不吃，用头对着笼子角落，一动也不动，我只好从笼子边缘倒水下去，希望能流进它嘴里，它居然吓一跳，一百八十度转身，做成低头沉思的样子。

笼子里的饼干屑跟水融合在一起，变成膏状，让我想到婴儿食品，还有旧社会贫困的妈妈没有奶，只好喂小孩吃米浆，现在这笼子底下的饼干膏，不就是最好的婴儿食品吗？我用鸭嘴笔夹了些饼干膏到米妮嘴边，说：“美食送到你眼前了，自求多福，自己吃吧！”

第一次这么近距离观察家鼠，它们跟小婴儿一样，头的比例较大，缩成一团的时候，就像两个灰色的毛线团。耳朵不小，边缘薄薄的，鼻子很秀气，嘴巴张开，粉嫩粉嫩的。虽然是初生的小老鼠，但胡子已经很长，浑身是细软的绒毛，头背和四肢的颜色较深，脸庞和肚皮的颜色较浅，从深到浅的过渡，有点像在宣纸上晕染的水墨效果。它们还有着细长灵活的粉红色脚趾，怪不得常常看到松鼠和天竺鼠抱着食物吃。

我把笼子转来转去，从不同角度观察它们的姿态，发觉它们还像缩小版的野猪，头尖尖的，身子肥肥的，腿细细的，只是不见獠牙。机会难得，画下来吧！我找出一张矾绢，先在毛笔上濡满清水，再用笔尖蘸墨，从头的位置落笔，以笔腹向下按，表现出它们圆圆滚滚由黑到灰的色阶。人们常形容眼睛是鼠目，它们的眼睛虽小，但是很清楚、很有神，大眼角和小眼角都比较凹陷，看起来像是埃及金字塔人物细细长长的眼睛。

我把抓到小老鼠的消息和照片放上微博，立刻引来好多博友的留言，妙的是他们不说我的小老鼠多可爱，也不说我画得多传神，而是一面倒说老鼠的坏话，再不然讲它们是很脏的东西，再不然说它们有着邪恶的灵魂，大家尤其关心我被米奇咬到手指这件事，几乎每个人都劝我去打狂犬疫苗。还有人说如果我不听话，改天就会有“某墉被老鼠咬死”的新闻，我回说：“有这么严重吗？在家里发现的小老鼠，跟在街头捡到的流浪猫狗有什么差异呢？”接着又引来一阵挞伐，说我怎么这么不听话，劝我看医生比叫日本鬼子投降都难。还有人把我当小孩看，说：“快点去打针！你乖乖！”

听大家都这么说，我真觉得手指有点疼了，我举起被米奇咬的左手食指凑近灯光，原先两个齿痕，现在剩下一个，稍稍凹陷，捏捏，有点疼，我开始后悔，刚被咬伤的时候，没用力把毒血吸出来，搞不好，狂犬病毒真跑进身体了。

夜袭（局部）
纸本水墨设色（123cm×143cm）2013

这让我想到不久前在网上看到的一则新闻，有人捡到一堆蛇蛋，带回家，一个蛋孵出了小蛇，把那人咬一口，他心想刚出生的小东西算不得什么，没在意，当天晚上就中毒死了。小归小，小毒蛇也是毒蛇！愈想愈觉得手指头不对劲，还是找专家问问吧！

杀手专家第二天早上就到了，穿着蓝色制服的中年微秃的白人壮汉，开着一辆大车，上面写着“它们可以跑掉，但是它们躲不掉！”“它们”指的是蚊子、白蚁、马蜂、老鼠、浣熊……一切不受欢迎的入侵者。

我先把壮汉带到书房，介绍他跟米奇米妮认识，壮汉哼了一声，笑笑说：“你可以养它们。”转头看看我太太，“如果你老婆同意。”接着，他的眼光扫到我画的小老鼠，突然变得很兴奋，“是你画的吗？比真的还可爱，我能不能拍照回去给公司小姐看？”接着掏出手机拍了好几张，说他进这行二十年，从没碰到过像我这么有情趣的人。

杀手专家，又跑进车房，在每个角落摆老鼠夹。“这么小的老鼠夹会管用吗？”我问。专家说：“不必把它们打死，只要把它们夹住。打死流血多恶心，夹住就够了，而且如果人不小心被夹到，也不会太严重。”我赶紧伸出手问他：“被小老鼠咬到严重吗？”专家问：“哪里？咬破了吗？”我说没破，只有两个小红点子，专家就笑了，说应该没问题，我回问：“你被老鼠咬过吗？”专家说没被咬过，我又问，“那你怎么知道没问题？”专家说：“你手没肿，而且站在我面前，表示没问题。如果你被浣熊咬到问题就大了。”

“这附近有浣熊出没吗？”我问。专家突然笑了起来：

“我刚刚在你邻居的院子里抓到两只。你要看吗？”接着转身打开车门，果然有两个笼子，各装着一只浣熊，起初浣熊都盯着我看，但是当我举起手机，它们就害羞地把头低了下去，我敲笼子叫它们抬头拍个纪念照。杀手大叫：“小心！如果你被它们咬到可就麻烦了，得立刻去医院，在肚皮上打三十针。”

我把杀手专家和浣熊的照片放上微博，妙了，大家不再担心我的手指，改为关心浣熊，一个个说浣熊好可爱！浣熊好可怜！还有几个博友看得特别仔细，说：“浣熊头上红红的，好像受伤流血了，是不是应该送医院？”

“真奇怪！浣熊可能传染狂犬病，大家反而同情。”晚上，我对太太说。“大概因为浣熊长得比较可爱吧，如果你的老鼠不是黑的，是白的，或像花栗鼠有漂亮的斑纹，像松鼠有毛茸茸的大尾巴，也就不那么可怕了！”太太说。这是什么意思？我叫起来：“我们对人不能有种族歧视，对小老鼠也不能歧视！”

晚上，我坐在书桌前，看米奇和米妮，想迪士尼当年穷困的时候，会不会看到的就是这么两只而产生米老鼠的灵感？他看到的一定不是可怕的耗子，而是顽皮的小东西，他心中唤起的一定像我一样，不是厌恶，而是喜爱。

几十年来，米奇和米妮的造型虽然有些变化，但米老鼠都是黑色的，而且被世界不同肤色的人喜爱。

晚上，我到车房外打开笼子说：“别往屋里跑了，去找你们的妈妈吧！孩子不见了两天，它一定急死了！”

短歌

雪山月夜（局部）
纸本水墨（145cm×361cm）2014

鞋子

私藏一卷风尘
且在告别之后
证明是自己的真迹
鞋子抢着为山水盖章

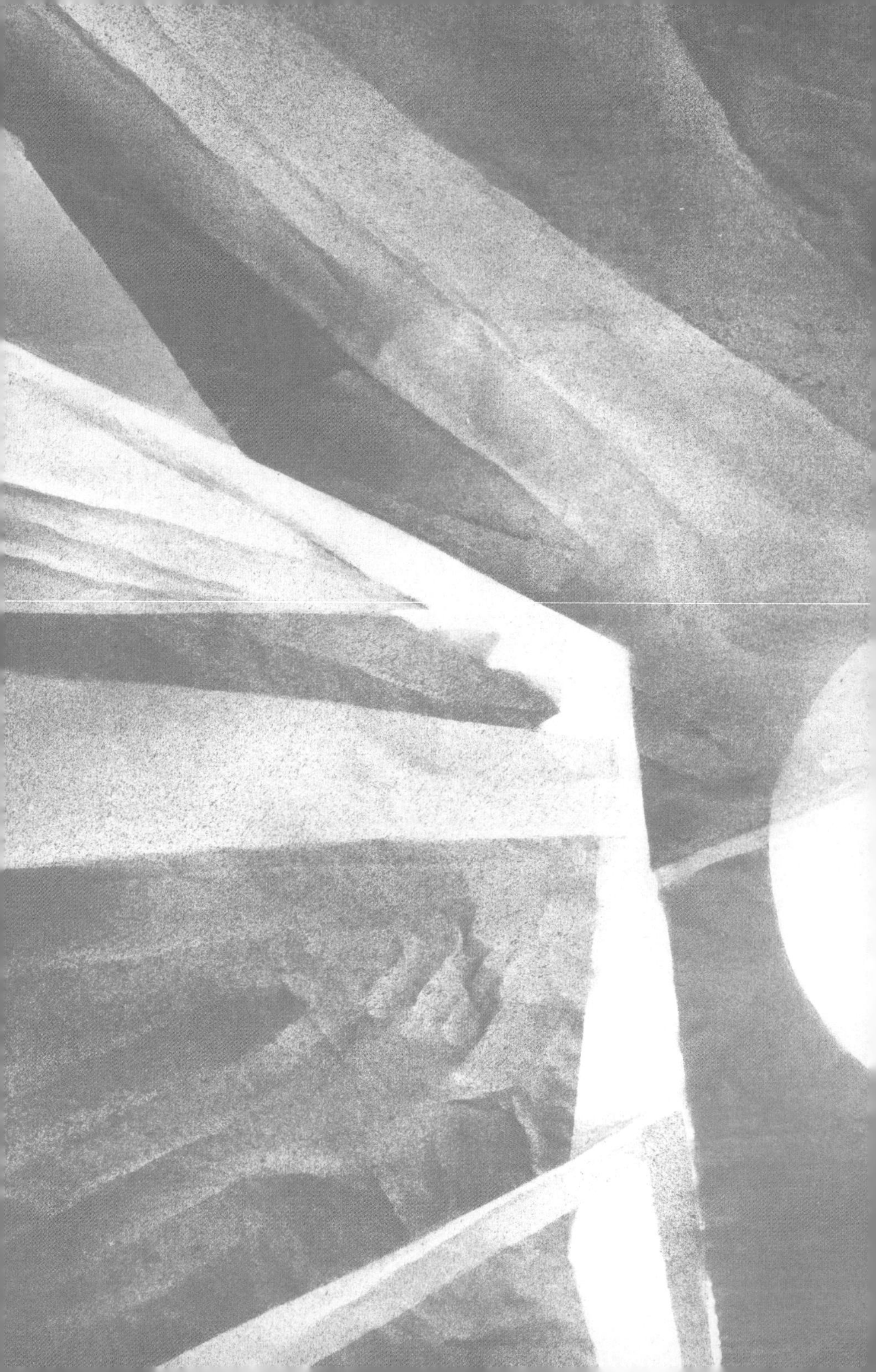

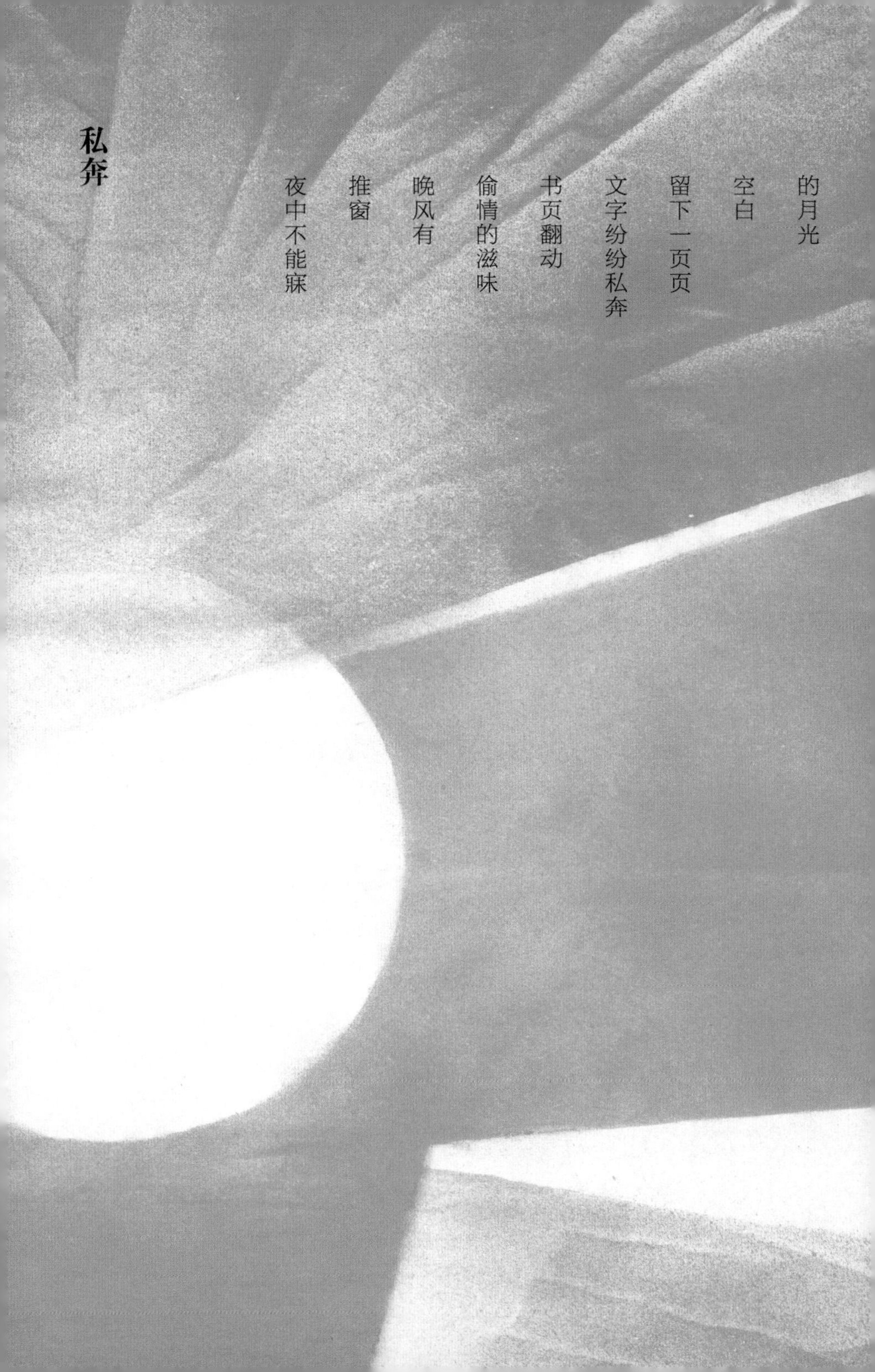

的月光
空白
留下一页页
文字纷纷私奔
书页翻动
偷情的滋味
晚风有
推窗
夜中不能寐

私奔

枕头

在地球的另一方
且听见女儿奔跑
每晚都睡进故乡
带着枕头流浪

袖子

不冷！
对妈妈说
像弯弓射箭
横抹
童年的袖子属于鼻涕

别操心！
对孩子说
吸干老泪
弯肘遮脸
老年的袖子属于眼泪

不热！
对太太说
举右手，像打招呼
举左手
中年的袖子属于汗水

桥

我们总是不同方向
何况
只超越
我从不阻挡
请继续流
桥对河说

尚能梦否

在前世与今生之间。

诗就从这里诞生，

照片上的泪水来自看照片的人。

梦是新鲜的昨天，也是糊涂的今天。

记忆的青涩对比出岁月的无情。

你从梦里走来，照片已经黄了，

廉颇老矣，尚能梦否？
凭谁问，
岁月苍老，只有梦还年轻，
暮鼓晨钟的和尚都埋在寺院的后面。
佛狸祠的寒鸦早飞了，

我们的遭遇是难解的谜团。
你在岁月的终点，我在梦的起点，
却越走越小，小得让我看不清你的脸。

你是从梦里走来的人，
哪个梦中人还能清醒？
哪个清醒的人能够梦？

用一生

走太早？
还是
因为说太少
用一生想一句话
命太短？
还是
因为诗太长
用一生写一首诗

她太娇？
还是
因为我太强
用一生守一个人
爱太少？
还是
因为爱太深
用一生爱一个人
船太小？
还是
因为海太大
用一生找一个港

她晚到？
还是
因为我已迟
用一生等一个人

睡不着？
还是
因为醒不来
用一生做一个梦

附小说

九寨飞流（日朗瀑布）（局部）
纸本水墨设色（38cm×28cm）2012

妻的导盲犬

她本来就高度近视，二十几岁一只眼睛视网膜剥离，手术之后看东西都是扭曲的，四十几岁另一只眼睛做完雷射矫正，又有了夜盲的问题。除了晚上看不清，白天从亮处走进暗处，也要很久才能适应。譬如有一回在莫斯科，从艳阳的红场走进地下道，他没注意扶好，她一个踉跄，差点滚下十多级的台阶。还有一回游苏州园林，穿过一个小小的山洞，他虽然在前面引路，她却“哎呀”一声，头上撞出个大包。

所以他总是提高警觉，亦步亦趋地跟在她旁边，即使大白天，只要碰上每一级花纹类似的台阶，他就会小心拉着妻，一边走，一边口里低声念着：“一、二、三、四，到了，是平地了！”有时候在庭园里游玩，虽然妻说：“我看得清，路窄，我自己走。”他还是会往前快步走一段，检查路面有没有高低落差，再站在不远处等待。

不明就里的朋友，都说羡慕他们形影不离、鹣鲽情深。当然也有些褊狭的，会揶揄他晒恩爱，犯得着这么热乎吗？最体贴的还是女人，看见他随侍左右，好像失去了自由，很多女性朋友或学生，会对他说：“您去游吧！尊夫人我来照顾，我扶着，没问题！”

但他还是不放心，因为他知道那种扶，不能是虚扶，

执子之手

纸本设色（56cm × 41cm）2017

而是要实扶。也可以说不能像一般人那样礼貌地牵着，而必须十分警惕，表面看似虚虚地挽着，其实暗中蓄劲，应付随时可能的闪失。

那确实需要真功夫，因为当她突然踩空，或者以为踩空而做出反射动作，瞬间反弹的力量是极大的。他扶着的那只手必须像个固定的栏杆把手，立即撑住。如果没有劲，非但扶不住，还可能两人一起摔倒。

虽然他从中年就练出扶的本领，但是进入老年还是有些不能胜任。有一回他们去土耳其的卡帕多奇亚，除了坐热气球、住窑洞，还参观了许多地底的坑道。那是早期基督徒为了躲避阿拉伯人而挖的秘密地道，窄窄的通路，一层又一层，使他除了在旁边扶持，注意地上的每个坑洞，还得在上面拉、在下面托。好几次，她突然失足，他虽然及时扶起，却伤了腰。回家之后，痛得更厉害了，起初晚上散步他还照样坚持走在她的左侧，后来发现稍稍用力扶她，腰就痛，甚至疼得整夜难眠，他没说，只是改为走在她的右边。而且当黑暗巷道比较长的时候，他会试着问她：“你看得到马路的边缘吗？”他发现她的夜盲只是瞳孔张得慢，黑暗的时间长了，她就能适应。这时候他会改为牵着她的手，或者走在她的后面，隔几步，推她一下，好像两个小孩玩耍。有一回去邻居家做客，管家说：“常看见你先生不是拖着你，就是推着你，真有意思！”她则笑：“是我牵着他，他是我的导盲犬！”

他也用另一种方法防止受伤，就是只要有电梯，一定不走楼梯。即使去一家熟识的二楼餐馆，他也坚持等电梯，因为那家的楼梯铺了黑色的地毯。

尽管小心，他还是有疏忽的时候。有一回去朋友家夜里出来，门灯打得很亮，他跟朋友聊天，走在前面，迟迟不见她，回头，发现她正呆呆地站在阴影里，他赶紧跑回去牵她，听见她小声说："你不带我，我怎么走？"

这几十年养成的习惯，使得她不在身边的时候，他反而有些不适应了。每次一个人在外面上下楼梯，走到台阶边缘，都会立刻停下脚步，好几回害跟在后面的朋友差点撞上："你走就走好了，干吗一下子刹车？见鬼啦？"

"做鬼我也会扶你！"有一天他对她说，"问题是，如果我走了，没人扶你，你摔跤怎么办？晚上就少出去吧！再不然你可以找个小鲜肉陪侍左右，只是得早早叮嘱他，要实扶，不能虚扶，不能扶个样子！"

他终于扶不动了，严重的椎间盘滑脱造成脊髓腔狭窄，使他经常走着走着，突然寸步难行。于是总被他扶的她，不得不反过来扶他。

这一夜他又腰痛得厉害，翻过来覆过去睡不着，把她也弄醒了：“怎么还没睡？”

“想事情！”

“想什么？”

“想如果我走在你前面，我会等在奈何桥边，等你来，我扶你、你扶我，用我的眼睛、你的腰腿，一起走下面黑漆漆的黄泉路。”

长河落日圆（局部）

纸本水墨设色（89cm×92cm）1988

图书在版编目（CIP）数据

宁可孤独，也不庸俗 / (美) 刘墉著. — 北京 : 北京联合出版公司, 2018.3（2018.5重印）
ISBN 978-7-5596-1617-3

Ⅰ. ①宁… Ⅱ. ①刘… Ⅲ. ①散文集—美国—现代 Ⅳ. ①I712.65

中国版本图书馆CIP数据核字(2018)第015668号

《宁可孤独，也不庸俗》，经刘墉授权在中国大陆地区独家出版发行。
著作权合同登记 图字：01-2018-0406号

宁可孤独，也不庸俗
作　　者：(美) 刘　墉
责任编辑：杨　青　高霁月
封面设计：仙　境
版式设计：木言设计

北京联合出版公司出版
（北京市西城区德外大街83号楼9层　100088）
北京市雅迪彩色印刷有限公司印刷　新华书店经销
字数83千字　880毫米×1230毫米　1/32　8印张
2018年3月第1版　2018年5月第2次印刷
ISBN 978-7-5596-1617-3
定价：45.00元